U0068115

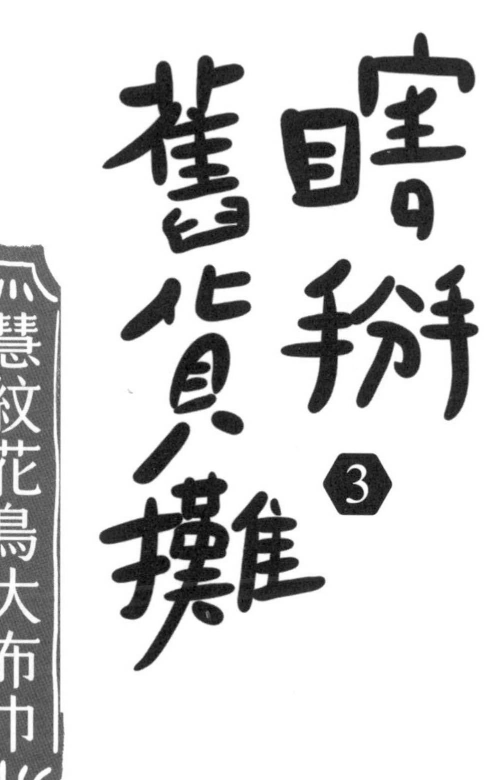

鄭宗弦 著

目錄

作者序

從跨領域閱讀理解，到跨領域整合創作

《瞎掰舊貨攤》蒐羅了古今中外的舊貨，創作出「三十六加一」個故事，演示出人生雜味千百種，並且在最後一集結束前，以「創新與傳承」暗示「愛」的傳遞未完，待續。

歷時十一年的創作積累，如今終於完成了整整四集的系列，我感到非常欣慰。而這一切的發生與形成，得從一個「美」字說起。

我自幼喜歡畫畫，家裡又從事傳統糕餅業，每每見到喜餅禮盒上的龍鳳、糕餅模印出的龜、花朵、玉兔、壽字等東方吉祥美圖，心生嚮往，因而國小時便去學畫國畫，立志要當一位國畫家。

在臨摹國畫的期間我訂閱《故宮文物月刊》，每期都有意境深邃的古畫吸引我拜讀再三，進而淬鍊品味和畫藝。古畫之外，我也對其他的國寶文物產生濃厚的興趣。求知若渴的我，閱讀著一篇篇作者們對文物「美的禮讚」，雖然其中有不少嚴肅冷僻的學術論文，我只能一知半解，卻仍然感到充實無比。

那時我十三歲，一個剛懂得汲取知識泉水的海綿少年。

閱讀所帶來的心靈豐盛，深深吸引著我躍入書海：茶藝、園林建築、布袋戲、燈籠、烹飪、香水、烘焙等書籍，帶領我沉浸在五感的美學生活中。同時，我也喜歡閱讀地理歷史與古文明相關圖書，再與那些美學的典籍交相呼應，便發覺出新的心領神會。

高中時，我選擇父母期望的第三類組，學習物理、化學、生物和自然組的數學。後來考取農藝學系，畢業後進修農業推廣教育研究所，論文主題是「農業環境教育」，課餘之暇，我醉心於現代文學。服兵役退伍之後，我改變志向當國小教師，並決心為少年與兒童創作，又研讀了許多優秀的少兒文學作品。

沒想到這三十年來，跨越不同領域的閱讀積累，使我創作出兒童散文、少年小說、橋梁書、繪本等一百多本書，題材包含：節慶、糕餅、民間信仰、民俗藝術、飲食文化、偵探推理、校園生活、故宮國寶、妖魔鬼怪、武俠中醫、環境倫理、情感教育……真可謂「繁雜不已」。

眾所周知《紅樓夢》是一部偉大的古典小說，作者曹雪芹將詩詞、戲曲、牌令、命理、飲食、服飾、古玩、情愛等不同領域融合在一起，世人因而讚揚他是「雜學」的代表人物。他給了我很大的啟發——原來跨領域閱讀積累的繁雜，可以只用「一本書」來精鍊呈現。我見賢思齊，揀選畢生所學，交錯連結各類元素，鎔鑄成《瞎掰舊貨攤》這部跨領域整合的創作。

舊時的教育專注培養菁英，常擔心學生「博而不精」，但我想現代人該擔心的反而是「精而不博」了，因為在人工智能的競爭之下，那些追求極致的專精，隨時可能被其取代。在多元文化並重以及知識爆炸的現在，人們得以啟發更多好奇心與能力，去探索、連結、閱讀，並理解不同領域的學識，方能跟上時代飛躍的翅膀。我們必須培養跨領域的整合能力，將所學相互為用，甚至融合出全新的智識，才有辦法維持領先。

因此，我採用了「瞎掰」兩字當作書名的開頭。

瞎掰並非胡說八道，而是期許讀者突破想像的限制，衝撞思路的禁錮，鼓起變化的勇氣，去嘗試創新文本的任何可能。

在這一系列創新文本中，主角「光藏法師」很有戲。他有大志向，不但用自己「說故事」的長處來度化眾生，還勇於創立新宗派，培養接班人，將理念與作法傳承給後世。

我創作這一號人物，是想與大家共勉，不要墨守成規，而是要發揮自己的專長，勇於「自成一派」。除了「用舊貨掰出更好的自己」之外，還要推己及人讓別人也更好，並且廣而遠之，遠而久之。

所以《瞎掰舊貨攤》不只是舊貨的「故事行銷」，還是人我關係的正念，人生價值、志向與使命的「故事行銷」。

另外，讀者可以發現清泉寺的「枯山水」重複出現在書中，暗暗發揮著啟迪的作用。

回顧十一年前，初創作《瞎掰舊貨攤》時只有一、二集，是接續在《枯山水三部曲Ｉ：雨男孩雪女孩》之後，《枯山水三部曲》的二部曲。

如今完成了四集，我要誠摯感謝許建崑教授，當年他在《雨男孩雪女孩》出版時為我作序並提出建言，期許我超越對比結構，寫出更深層廣闊的人生哲理新品。我銘記在心，不時督促自己另闢蹊徑，這才寫出全新形式與內涵的《瞎掰舊貨攤》。

最後，我還要幫光藏代言幾句：

愛有進行式，從微愛、小愛、中愛進行到大愛。

微愛，只愛自己。

小愛，愛家人與親友。

中愛，能將愛推廣到身邊所及的陌生人。

大愛，把愛推廣到遠處，接觸不到的廣大眾生。

我們何其幸運生在現代，不但有實體書、電子書等載體，還有無遠弗屆的廣播、網路和自媒體，都能幫助我們更有效率的傳遞大愛。

人生苦短，去日苦多，在有限的人生中，每個人除了把自己的日子過好，還能發光發熱，點亮眾生，提升自我價值——現在，就是最好的時代。

推薦文

《瞎掰舊貨攤》是愛的現在進行式

文／新北市丹鳳高中圖書館主任　宋怡慧

《瞎掰舊貨攤》的作者鄭宗弦是青少年喜愛的作家，他的老派靈魂配搭奔放的想像力，恰成其作品敘事的魅力。在《瞎掰舊貨攤》中的舊物包裹著人間之愛、生命之情，結合的社會時事彷彿有羽翼可以穿越時空，讓我們經歷一場舊貨前世的生命巡禮，當你回到了現實，生命雖是有風、有雨，但文字溫暖得讓你歇憩了，那些需要安頓與解決的諸多難關，都能在慧紋花鳥大布巾、楠木佛珠手鍊等九個故事場域找到人生的解方。最後，你將懂得：複雜的人性最終會回歸單純的初心，我們的生命再苦、再難都能找到有光的前方。

暢讀鄭宗弦的《瞎掰舊貨攤3：慧紋花鳥大布巾》，作家捧著清澈透明的老靈魂，以真摯的文墨帶領讀者領略蘊藏生老病死、愛恨哀懼的故事，以懸疑為起點，勾起讀者的好奇心，案情是否真有水落石出的一日？舊貨攤猶如困境解憂的善意一隅，鄭宗弦化身為東方的一千零一夜說書人，娓娓細語道出生命的哀樂，或輕或重的聚合離散，看似豐盈明亮的世界，原來也藏有陰暗失落讓人心碎的時刻。但卡關的劇情一轉，鄭宗弦運用流暢的文字，巧妙的演繹真實人生的最終曲，都是可被「愛」一一救贖而起的。

一部作品橫亙了十一個寒暑，若不是對作品有極深的喜愛與日日優化，一般創作者是很難企及這份迢遠卻純粹的寫作靈犀。「美的禮讚」是鄭宗弦創作的核心，當五感歷經被自然萬物療癒過的美好，作者的起心動念是把這份潤澤心扉的光影化成作品傳遞給青少年與兒童們。同時，他提及《紅樓夢》對其創作的影響甚鉅，博雜閱讀的累積帶來的是迸發而出、化繁為簡的靈感，用一本書、九篇故事來凝鍊祝福，跨域連結各項議題，處處蘊含每個人都要活成最好自己的希冀。

《瞎掰舊貨攤3：慧紋花鳥大布巾》中的主角「光藏法師」在我看來是一位天賦自由者，他的奇思怪想都能助己助人，而且把自己活成一道光，讓身邊的人有機會走出黑暗。九個故事帶給我們人生奮進的希望，引領我們熱愛生命的追尋，文字不自覺傳遞而出的是對美麗世界的探索，以及正向面對逆光時刻，每個磨難與挫折都能淬鍊出更勇敢的自己。

情節中的清泉寺裡的「枯山水」，讓我聯想起過去行旅在銀閣寺之際，置身在「於無池無水處立石」的清靜處，遠離塵囂的喧鬧，凝睇內在的自己。當下，無聲勝有聲，淨化人心的禪意油然而出。或許，鄭宗弦每個故事都留給讀者思索的餘韻：如何和過去的自己和解？如何修復每段決絕的關係？如何了解人心卻不對人性失望？或許，我們依舊平凡，但生命的好故事讓我們學會：守候生命純粹初春與深秋的溫柔，每一個微不足道的生命風景，再回首，都是一場義無反顧的夢想奔赴，「舊貨」讓失落、遺憾變成此生珍貴的長長久久，闔上書籍，漾著微笑，我們彷若跟著《瞎掰舊貨攤》進行一場愛的進行式了。

第一話

慧紋花鳥大布巾

「鈴——鈴——」翁探長拿起手機一看，來電顯示又是議長夫人打來的。他趕緊正襟危坐，客氣的接起來：「喂，夫人您好哇……」

「翁探長，這都過了三個月，議長的案子辦得怎麼樣？警政單位草草率率就結案，說是意外身亡，那絕不可能！我們議長雖然有慢性病，但平常都控制得很好，才不會無緣無故就死了。如果判定心肌梗塞那還說得過去，偏偏法醫說是異物梗喉窒息而死。大庭廣眾之下，怎麼可能就這樣死去？我強烈懷疑有人下毒，但警方那邊又說化驗不出毒物反應，我找警政署長施壓，也一樣態度敷衍。我不管，我已經把議長的政敵名單都開給你了，你趕快給我查出真凶，否則不僅不給你剩餘的二十萬，就連預付的十萬元我都要討回來……」

「是、是！正在查、正在查……」翁探長的耳朵沒有一秒鐘能休息，議長夫人劈里啪啦連珠炮似的說了一堆，都是這三個月來不斷重複的內容。

最近疫情危害，翁探長的生意不但清淡許多，要花的錢還更多了。各國生產、物流出狀況，導致通貨膨脹，央行必須調升利率，他的房貸和車貸跟著一口氣暴增，每月得付六萬多元。要不是他手頭吃緊，否則真想退掉這筆棘手的生意。

他向警方高層的好友打聽過了，議長之死確實沒有他殺的證據。但議長夫人一口咬定不可能意外身亡，讓他也懷疑或許有人暗中下手。畢竟像議長這種老政客一生貪得無厭，樹敵無數，官司不斷，難怪夫人不肯接受意外之說。

然而議長身亡當天的行程，是去山坡上新社區的高級餐廳喝下午茶，除了隨扈人員，沒有其他政治人物相隨。雖是常去的餐廳，但這回是臨時起意，沒有外人事先知曉。而且夫人又保證隨扈都是她挑選的親信，絕不可能是隨扈動手腳。

「我保證很快查出來……沒問題……相信議長在天之靈……」翁探長鼓動如簧之舌，唇糖齒蜜的花了好大的功夫，好不容易將議長夫人安撫下來，按掉手機。

「叩、叩！」門口傳來響聲。想必有生意登門了，他重振心情喊道：「請進！」

門一開，一個光頭小和尚羞怯怯的走進來。

翁探長眉頭一皺心想：「咦？這是……」

「翁探長你好，我是清泉寺的和尚常喜。」小和尚很有禮貌的合掌鞠躬。

「哈！你要化緣嗎？」翁探長認得這張臉。「走錯地方嘍，這裡是私人偵探社，我一向是到你們佛寺參拜時順便添香油錢的，你們師父沒跟你說過嗎？」

「我們師父，嗚……我們師父，失蹤了……」常喜再也忍不住，急得哭了。

「什麼？」翁探長錯愕，以為聽錯了。「你，你說的是光藏法師，失蹤了？」

「對！師父失蹤快兩星期了，我問過熟識的施主，也去過師父定期拿藥的醫院詢問，大家都不知道他的行蹤。後來我去報警，到現在已經六天了，仍然沒有任何消息。有位好心的施主叫我來找私家偵探，給我這裡的名片，我就叫了計程車來臺中找你。怎麼辦？師父的肺癌很嚴重，人卻失蹤了，全寺都非常擔憂。到底該怎麼辦？嗚……」

「你先別急，來沙發這裡坐著說。你最後一次看見他是什麼時候？情況如何？他有沒有說什麼？」生意上門，翁探長不免心喜。

常喜走過去坐下，眼珠一轉，回憶起那天師父交代他十八樣舊物的事，然後娓娓道來。

「喔！這聽起來不妙，很像託孤遺言哪。」

「嗚哇！」常喜大哭起來。「師父是不是想不開，像人家說的，久病厭世……」

「你別慌，我跟你走一趟清泉寺，先去他屋裡看看再說。」

「好。」常喜振作精神，趕緊起身。

翁探長開車載著常喜，一路直奔南投的清泉寺。

由於平日探案的關係，他建立了廣大的人脈，政界、商界、學界，甚至八大行業都有認識的人。宗教界更是不用說了，各山頭的高人他都拜訪過。這清泉寺環境清幽，寺裡的「枯山水」很有禪意，他有時查案遇到瓶頸會到寺裡靜坐沉思，因此跟光藏法師頗為熟識。

常喜帶他進到師父的禪房，察看那十八樣舊物，尤其那本寫了《瞎掰舊貨攤》的精裝筆記本最是特別。他大略翻閱其中的內容，讀到〈兩顆子彈〉，赫然發現「翁宏岳」出現其中，不禁愕然驚呼：「啊！怎麼有我？」

他拿到窗下明亮處仔細閱讀那篇〈兩顆子彈〉，一邊笑著說：「好個光藏法師，竟然把我編進故事裡。」

「你是說？」常喜疑惑的問。

「我跟他聊過我的身世。」

「那裡面寫的逃學、打架、加入討債集團……」

「都是我年輕時的糗事，哈！」翁探長大方承認。他把筆記本「啪」的一聲闔起來，笑著說：「這裡頭很可能透露光藏的心思，說不定能推敲出他的去處，我想把這本筆記帶回去研究研究，可以嗎？」

「好的，只要能快點找到師父，什麼都好。」常喜點頭，雙手合十，殷切的說：「拜託，拜託。」

翁探長揣著那本筆記本，跟著常喜到寺裡各處察看一番，又問了小師弟常樂幾句，更加了解光藏失蹤那天的情況後，便驅車離開。

他沒有返回偵探社，而是隨機到一家便利商店前泊車，買了杯美式咖啡，迫不及待的坐下來喝一口，然後打開筆記本，從第一話〈斷尾虎爺〉開始讀起。

「喔，有意思。」他邊讀邊點頭，笑著說：「沒想到光藏法師這麼會掰故事。」讀著，讀著，真是欲罷不能，一連讀了十一篇。

「咦？這篇〈油桐花咖啡杯〉中的縣長在餐廳離奇死亡……怎麼跟議長暴斃這麼相像？也是在餐廳，也是在有隨扈守衛的情況下，也是異物梗塞窒息……這是巧合嗎？還是說真有人故意用加倍的咖啡因誘發隱疾？難道光藏法師知道些什麼？」

「叮叮！」

突然他的手機傳出通知鈴響，那是他為了取得新資訊所訂閱的「新聞快報網」。他下意識拿起手機瞄一眼，才正要放回口袋，卻被標題吸引：

舊貨變古董，價值暴增萬倍，落難『慧紋』拍賣創新高。

「又是舊貨！」他看看桌上的筆記本，感到莫名巧合，便詳讀報導：

舊貨攤上定價九百九十元的繡花大布巾，被識貨的客人發現「暗記」，證實為《紅樓夢》賈母最珍愛的稀世繡品「慧紋」。該客人協助老闆，將其送往著名古董拍賣會「嘉世德」，隨後在該網站公布古物曲折的身世，引來各方買家激烈競標，最終以一千萬臺幣創下繡品拍賣最高紀錄。

據舊貨攤老闆說，他是從一個年輕人那裡收購此布巾，對方家道中落又經商失敗，只得變賣舊物，那條大布巾便是其中之一。由於繡品本就少見，老闆詢問來歷，對方說祖父母是中國大陸逃難來臺的大地主，倉皇間帶不走一屋家當，僅用這布巾把十條金條和衣物裹成包袱，隨身攜帶。然而擺上攤後，因布巾上有小缺角，刺繡的內容又是花鳥柳葉，讓人聯想到花柳風月，品相不佳，乏人問津。所幸被識貨的行家道出曲折的身世，創出拍賣奇蹟。

「是什麼曲折的身世，如此吸引人？」翁探長自言自語後，搜尋「嘉世德」網站，查到「慧紋」繡品的照片，原來是一條繡有花鳥畫和詩句的方形大布巾，其中一角有缺損，明顯可看出火燒的痕跡。照片旁還有個正方形的 QR code。

他掃描進去，是一篇故事，便認真的讀起來：

◇ ◇ ◇

清帝國末期，朝廷腐敗，對外戰事屢敗，連年割地賠款，後來慈禧亂權，又支持武裝排外的義和團大量屠殺洋人，遭致八國聯軍攻入北京城，清軍與義和團戰敗，慈禧西逃。直到簽訂辛丑條約，同意賠償四億五千萬兩巨款，並讓各國駐兵在北京，聯軍才退兵。

清廷喪權辱國，民怨沸騰，慈禧回宮後，革命軍「推翻滿清」的號召獲得越來越多人支持。

六年過去，眼看朝廷岌岌可危，大臣徐世昌向慈禧太后下跪進諫，仿效日本明治維新的「君主立憲」，讓皇帝當虛位帝王，改由內閣治理國家，結合滿、漢、蒙、回、藏等各族代表監督施政，方可強國富民，永保大清皇祚千秋萬世。

那時慈禧手拿袖珍版《紅樓夢》，正陶醉的翻閱著，一聽見這些大逆不道的話，即刻把書本捏進掌中，憤恨的說：「不可能！這是架空皇權，讓政黨惡鬥。何況滿族早有老祖宗留下來的規矩，容漢共治，與蒙通婚。徐世昌，你是何居心？」

「老佛爺明鑑，微臣一片赤膽忠心。」徐世昌猛磕頭，極力表忠。

「住嘴！」慈禧盛怒之下，將徐世昌押進大牢監禁。

徐世昌為求自保脫罪，苦思對策，夜不成眠。

「咕咕咕——」破曉時一聲雞啼，使他靈光一亮。慈禧太后最愛《紅樓夢》，不但有狀元郎手抄袖珍書給她賞玩閱讀，還命人在長春宮牆上畫人物壁畫，又常自比為賈母。之前多次晉見，都看見太后老佛爺翻著那本袖珍書，愛不釋手。

徐世昌也熟讀《紅樓夢》，想起家中有一藏品，乃是書中賈母的最愛——慧紋。此類繡品出自姑蘇書香門第的千金慧娘之手，臨摹唐宋元明知名書畫的花鳥作品。雖是絲線所繡，卻栩栩如生，花香可聞，又用黑絨繡出草字詩句，非常雅致，想必太后會有興趣。

徐世昌請獄卒提供紙筆，連忙寫信給他的夫人。徐夫人正急得如熱鍋上的螞蟻，四處拜託親朋大官打點救夫。收到信後，如獲至寶，趕緊按照徐世昌的交代，請人幫忙進獻「慧紋」。

慈禧太后收到慧紋，喜出望外，立馬讓隨侍太監李蓮英去牢裡提人，在儲秀宮召見徐世昌。

「本宮萬萬想不到，慧紋是真有其物。」太后難得眉飛目舞，喜形於色。

「啟稟老佛爺，相傳慧娘十八歲便離世了，留下的作品本就不多。」徐世昌戰戰兢兢的說。「請老佛爺鑑賞，這紅花盛開，喜鵲穿梭柳條間的圖畫，仿的是宋人寫實花鳥畫。所繡的題詩，則是仿元代書法大家趙孟頫的筆法。」

「本宮知道，書中第五十三回，寫榮國府元宵開夜宴，賈母難得拿出無價之寶慧紋繡品給來客欣賞。即便賈府富甲天下也只有三件，其中兩件進貢給皇帝，只留一件自己收藏，平時絕不肯輕易示人。」太后嘆氣道：「就說奇怪呢！本宮曾叫人查遍宮中收藏，怎麼就沒半件慧紋，還以為是曹雪芹杜撰的。」

「老佛爺聖明。」徐世昌誇完又嘆：「只是歷經百年，這一件恐怕是世上僅存了。」

「太好了！」太后笑呵呵的說著，忽然歪頭疑惑道：「咦？這上頭並沒有慧娘的署名，怎知是她的傑作？」

徐世昌趕緊回答：「慧娘巧慧心細，將她名字中的『慧』字拆解成四個小字，分別繡在布巾的四個角上，只要同時往中心點摺疊進來，便能拼組起來。」

「喔？是嗎？」慈禧拿起布巾端詳，果然有「丯、丯、彐、心」四個小紅字，分別繡在四個邊角上。她睜眼咧嘴，滿懷期待，像個孩童似的動手玩起來，果然拼出了「慧」字，不禁忘情的高聲讚嘆：「哎喲！妙妙妙，真是巧妙極了。」

「暴喜傷身，請老佛爺珍重鳳體。」一旁伺候的總管太監李蓮英出聲，彎腰勸諫。

「啊！」慈禧驚覺自己失態，連忙臉色一變，嚴厲的問：「徐世昌，你為何叫人進獻慧紋？安的是什麼心？」

「啟稟太后老佛爺，不是微臣的心思，而是這條大布巾來給微臣托夢的。」

「托夢？什麼跟什麼啊？」慈禧詫異的瞪大眼睛，不敢置信。「快給我說清楚！」

「夢境裡，是太平天國戰亂時……」徐世昌裝模作樣，神神祕祕的回述起夢境：

東家村的徐大奶奶自從買了一只美麗的小皮箱之後，進城時就不再打包袱了。原本用來包物品的花鳥大布巾仍隨身帶著，不知道的人以為她是要包在頭上擋風沙，其實這是為了隨時有一塊布，可以擦拭皮箱上的塵埃。

徐大老爺之前遠赴外地當官時，帶走了十幾個家丁，因此家裡少了好多保鏢。時局不安穩，管家認為這只柔軟光亮的小牛皮箱太招搖，徐大奶奶總提著它進城去，恐怕招來危險。徐大奶奶不聽勸，仍提著它進進出出，一回到家就拿大布巾把箱子抹乾淨，收藏在檀木櫃子裡。她嫌布巾髒，便隨手掛在牆上。

一天夜裡，大布巾受不了冷落，低聲啜泣起來。皮箱在櫃子裡聽得厭煩，對它大叫：「喂，別吵哇！你這條滿是油垢和灰塵的抹布。」

大布巾停止哭泣，為自己辯解：「不！我不是抹布。以前奶奶用我包東西，提在胳臂上，大家都誇我料子好，繡工精巧豔麗，讓奶奶看起來年輕許多。而且我什麼都能包……」

「算了吧！屬於你的時代已經過去了。東西被你包起來只會亂成一團，不像我存放得井然有序，還能保持整齊清潔。」皮箱得意的說。「我可是經過精心設計的，裡面鋪滿高貴的絨布，又分隔成三個空間，分別用來放衣裙、首飾、胭脂花粉盒，東西一擺進來，便被牢牢固定住，即使在晃動得十分厲害的馬車上，也不會有絲毫散亂。唉！難怪太太小姐們那麼喜歡我了。」

大布巾一聽，無話可說，想到自己悲慘的身世，淚兒又流了下來。

「砰！砰！砰！」突然響起急躁的敲門聲，大布巾和皮箱都嚇了一大跳，徐大奶奶也嚇醒了。

「大奶奶，快逃！太平軍殺進村子了，正和官府軍隊激烈交戰，您趕緊收拾細軟，我已經通報了少爺和小姐們，大家快快離開……」原來是管家緊急來通報。

徐大奶奶渾身顫抖的取出皮箱，放進幾瓶常用的藥，然後衝到灶房慌慌張張的拿碗筷、小鍋子、一小包米，這才發現皮箱的規格裝不下這些東西。轉瞬又起念想，這皮箱太漂亮了，容易引起惡人的邪念，提著它只怕會惹禍上身。

她跑回房把皮箱關回櫃子裡，連忙攤開大布巾，把東西全擺進去，又將衣物和珠寶都疊上，打了一個大包袱，抱在懷裡，匆匆忙忙的到前院跟家人會合，逃難去了。

那只美麗的皮箱躲在櫃子裡，透過門縫看見外面火光衝天，打殺和哀號聲越來越逼近，只能害怕得一直發抖。

突然一把著火的飛箭射進窗子，正中檀木櫃，緩緩燃起濃厚的檀香……

「哇！太神奇了，慧紋真來給你托夢？」慈禧太后望著手中這條大布巾，頻頻搖頭讚嘆，忽然睜大眼睛。「莫非……古物有靈？」

「可憐這珍貴的慧紋，被不識貨的徐大奶奶用來打包袱。」徐世昌感嘆的說。

「你該不會說的是你家先祖逃難的故事吧！」慈禧斜眼一瞥。

徐世昌搖頭，卻暗自慧黠一笑。

「是啊！一條珍貴的繡品竟變成包袱布巾，跟著落難，流離失所。唉！」慈禧眨眨眼，泛出淚光，一時動容。「想當年八國聯軍攻進京城，我和皇帝匆忙西進到西安，一路粗茶淡飯，顛簸動盪，與這大布巾同病相憐啊！」

徐世昌見狀，加碼進諫：「這個夢其實寓意著孔夫子所說的『君子不器』，這……」說到一半便吞吞吐吐，欲言又止。

「說吧！」慈禧揉揉眼睛，溫和的說。「恕你無罪。」

徐世昌壯起膽子，繼續說：「所謂『君子不器』意思是仁人君子莫像器物一樣只有單一用途，而固執於狹隘的領域內畫地自限。懇請老佛爺不要侷限那皮箱的三大格子，只為滿漢蒙三族量身訂做，不妨學這慧紋花鳥大布巾，將滿、漢、蒙、回、藏、苗、傜各族，同大小細軟一般都包裹進去。正所謂有容乃大，也可斷了革命叛黨五族共和的訴求。」

慈禧聽得入神，緩緩點頭。

「至於君主立憲，所幸有日本國天皇前例可循，老佛爺如果答應，能以此平息朝廷連年戰敗，割地賠款的民怨，更能讓革命叛黨無話可說了。」

「好吧！就先這麼對外宣布預備立憲吧！至於什麼時候要做？是不是

真的要做？等過一陣子看看臣民的反應再說。」慈禧因得珍寶而鳳心大悅，不再堅決反對。

她開釋徐世昌，命他與其他四人著手「預備君主立憲」，但其實也只是虛晃一招，緩兵之計罷了。

清廷日益腐敗，最終被革命軍推翻，而這條精繡花鳥大布巾，著實救了徐世昌一命。大難不死，必有後福，他後來竟被軍閥扶植，選上中華民國第二任大總統。

太監小賢子當年在儲秀宮門外，把這些對話聽得一清二楚，對「古物有靈」四字十分著迷，便一路追蹤它的下落。慈禧賓天後，此布巾被他偷偷從陪葬品中取出，藏到建福宮庫房內，一個紫檀雕花大木櫃與牆壁的夾縫間。

民國成立後，末代皇帝溥儀雖退位，仍擁有紫禁城。太監們私下常偷盜庫房內的古董去黑市販賣，溥儀發現後下令清查庫房，不料過沒幾天庫房就發生大火，幾百萬件國寶付之一炬。事後，溥儀懷疑是太監故意湮滅證據，加上沒錢養活這麼多人，便下令把數千名太監趕出紫禁城。

小賢子也在其中，他離宮後偷偷來到黑市，脫了衣服，把裹在腰間的大布巾賣給古董商。原來他冒著焚身的危險衝入火場，搶救了布巾，原想當護身靈物相伴一生，無奈身無分文，肚子餓得受不了，只得忍痛變賣。

可惜那布巾已遭火焚缺了一角，沒了「心」字，換得幾兩銀子，只夠他吃喝半個月。

（以上為稗官野史，不可盡信。）

讀完之後，翁探長愣了足足三秒，這才驚嘆：「麻雀變鳳凰，身價暴漲萬倍，真不可思議啊！」

他把文章重讀一遍，忍不住想：「那個識貨的客人是誰？既然這麼厲害，能分辨出慧紋的暗記，怎麼不自己買下，送去拍賣大賺一筆呢？真是個怪人。等等！他在拍賣之前故意先講慈禧太后跟布巾的故事，藉此提高布巾身價，這不也是故事行銷嗎？怎麼……」

他低頭翻翻精裝筆記本，納悶的說：「怎麼跟光藏法師瞎掰故事的手法雷同啊！會不會這件事跟他也有關係？對喔，舊貨，故事，賣舊貨先掰故事，這個徐世昌和慈禧的故事也是瞎掰出來的吧？」

他趕緊用手機搜尋「徐世昌」、「清末立憲運動」，果然沒有徐世昌被關的紀錄。

「不過算算日子，客人發現慧紋應該發生在光藏失蹤前，這樣推測下來，是光藏的可能性就降低了許多。還是回頭想想議長暴斃一案，也許光藏知道些什麼？」

他思考了一會兒，擱置這念頭，打手機給常喜：「請問小師父，光藏法師有沒有什麼親朋好友？或最常來往的人？」

常喜說：「師父最常來往的人，是我的師叔光悟法師，他在菩提寺修行。」

「你說的是苗栗山間的那間菩提寺嗎？」

「是的。不過我聯絡過他，他也不知道師父的行蹤。」

「沒關係，相信用我偵探的專業，能問出一些新訊息。」

於是他收拾一下，驅車前往菩提寺。

第二話

楠木佛珠手鍊

苗栗山區中，菩提寺背山面谷，山谷之外的遠處，除了山還是山，卻是層層起伏，前後交疊。晨曦時籠上白霧，猶如薄脆透光的翠玉，夕照時映著紅霞，又成了焰紋耀眼的朱翡，風景瑰麗，氣象萬千。

中午時分，廣場停了一輛計程車。

「司機伯伯，請在這裡等我，我還要搭回去。」

「我知道，反正等待時間也有計費，他都跟我講好了，你就慢慢來吧！」

「謝謝你。」下車的是一位背著斜背包的少女。

她環顧四周，大太陽下，青山早已還原本色，一股勁兒的橄欖綠，然後她面向巍峨的大殿，扶了一下臉上的黑框眼鏡，忐忑的吞口唾沫，自言自語的說：「好大的一間佛寺。」

她踏進大殿後，先向大佛鞠躬，然後到一旁櫃臺向服務人員說：「請問光悟法師在嗎？」

「喔，你找住持有什麼事嗎？」服務人員有點意外，因為通常指名找人的多半是政經界的成年人，而這少女看起來還是個中學生。

「我有重要的事要對他說。」

「他在裡面處理公務，你稍等一下，我去請他出來。」

服務人員走進殿內，少女不自在的在櫃臺旁慢慢踱步。那櫃臺是座長型大玻璃櫃，裡面有如珠寶店似的陳列許多佛教文物，例如：經摺裝的佛經、卡片大小的鍍金佛畫像、不同材質的佛珠手鍊、小型的木魚、銅缽……看起來都有使用過的痕跡。

正在晃晃悠悠間，殿門外傳來人聲，走進一位中年婦人和少年。

兩人持香和供品來到大佛前下跪，虔敬的膜拜。香煙氤氳，婦人仰視大佛塑像，一邊懇切的說：「佛祖在上，弟子林美鵑與兒子巫宜樺敬拜。兒子就讀國三，上個月和同學去野溪烤肉，發生溺水意外，感謝佛祖保佑，我兒子平安無事，不過他同學不幸溺水而死。我兒子因此受到極度驚嚇，每晚做惡夢，白天不吃不喝發呆出神，陷入憂鬱，懇請佛祖保佑幫他恢復正常……」

少年緊閉雙眼，眉頭深鎖，表情十分痛苦。他雙手緊握在胸前，因激動而抖動著，嘴裡無聲的重複一樣的語詞。

少女驚訝的看著他們，不久似乎讀出脣語，然後她點點頭，輕聲說了句：「好。」

他們頂禮膜拜時，服務人員從殿內走出來，對少女說：「住持還要打通電話跟人聯絡，請再等一下。」

「好的，沒問題。」少女禮貌的點頭說。

那對母子參拜完畢後來到櫃臺，問服務人員：「聽說這裡可以索取結緣品，不知要怎麼辦理？」

「我們這兒的結緣品都來自信徒捐贈，很多都是老居士們仙逝後，他們的子孫捐獻來的，你只要隨意挑選，然後在賽錢箱裡添香油錢就可以了。」服務人員解說。

「哇！難怪每一件看起來都有歷史感，看起來跟舊貨差不多。」少女天真的說著。

婦人對兒子說：「你說要一條佛珠手鍊，是嗎？」

少年點頭，悶悶的說：「是，那時他死命的掙扎，我急忙抓住他的手臂，卻被他抱住拖下水，我很怕自己溺水，急著要擺脫他，拉扯間他手上戴的那條佛珠手鍊斷了，我想送給他一條……」

「是怎麼回事？」服務人員關心的問。

婦人把對大佛訴說的情事又說了一遍，服務人員聽完，讚嘆的對少年說：「你真是個有情有義的好朋友。」

少年忽然抿嘴眨眼，把頭垂得低低的。婦人慈愛的安慰他：「等一下到金爐那邊，喊著他的名字把手鍊燒化掉，這樣就了卻你一樁心事。來，選一條。」

少年沒有猶豫，直接指著一條木質的佛珠手鍊。

「喔，小弟，你的眼光真獨到，這可是楠木做的。」服務人員從玻璃櫃中拿出來，交給少年。

婦人微笑點頭，掏出一張千元大鈔，投入賽錢箱。那兒子忽然快步衝過去，從口袋掏出一疊紙鈔也要丟入。婦人一驚，慌忙擋下說：「需要這麼多嗎？你確定？」

「這些都是我今年的壓歲錢，也不過一萬八……」說著，以迅雷不及掩耳的速度投入了箱中。

「唉！」婦人搖搖頭，癟癟嘴。

「請問是哪一位施主找我？」一個老和尚從殿內走出來，對來客們探問。

「是我。」少女舉手，彷彿早就認識他。

「你是？」光悟對眼前少女感到十分陌生。

「我叫盧美華，我是來送邀請函給您的。」說著，從斜背包裡取出一封信。

「喔，誰寄的？」

「請您自己看看吧。」

「來，這邊請坐。」光悟帶美華到櫃臺後面的沙發區休息。

光悟微笑一下，急忙拆信閱讀，讀完一堆印刷字，一時愣住：「沒有署名啊！」

美華指著信，對光悟說：「有人新創立了一個弘法的宗派，叫做『瞎掰舊貨宗』，是專門『為舊貨編撰貼心故事來度化眾生』的法門，想要尋找傳人來承接衣缽，相中了能言善道的光悟法師，不知您願不願意？」

「哈哈哈！」光悟大笑搖頭，還很自然的揮揮手。

「別笑啊！」美華認真的說，「您先不要拒絕，您只是還不明白這個宗派的弘法機制。我先來示範一次，就……」她環顧四周，看到那對母子正拿著佛珠手鍊要走出殿外。她急忙跑過去對他們說：「這串佛珠手鍊背後有個故事，可不可以先借我一下，讓我說給住持聽。」

「喔？」婦人驚訝的望著美華，又以詢問的眼光看了她兒子。

少年聳聳肩，便把手鍊遞給美華。婦人笑著說：「我們本來要去金爐燒手鍊，回頭再來找住持法師，請他給我兒子開導開導……」

「都過來這裡坐吧！」光悟法師熱情招呼他們。

他們全都來到沙發區坐下。

美華把那串楠木佛珠手鍊拿到鼻尖前嗅了嗅，然後說：「淡淡的香。」

「我也聞聞看。」婦人拿過去聞。「嗯，應該是戴很久，散掉了。」

那兒子也嗅了一下，沒有反應。

「當年，莫帆還只是一個純真的青年。」美華突如其來的冒出一句。

「啊？開始說故事了嗎？」光悟法師訝異的問。

「是的，這個故事就叫做〈楠木佛珠手鍊〉。」美華神祕的笑著說。

◇◇◇

莫帆大學畢業後，剛服完兵役就回到嘉義新港，在父親的五金百貨店工作。

有一天他半夜上廁所，在浴室面盆上看見父親配戴的那條楠木佛珠手鍊。他猜想是父親洗澡時取下來，忘了戴回去，他嗅一下，覺得好香。這時父親早已熟睡，莫帆一時興起就把它戴上自己的手腕，回到床上繼續睡大頭覺。

隔天中午父親騎機車去民雄送貨，久久未歸。下午四點左右，母親接到警察局來電，說父親出車禍送醫搶救。這晴天霹靂害母子倆心驚膽戰，他們急忙叫計程車直奔嘉義市，來到林外科綜合醫院的急診室。

不久走出一位醫生，垂頭喪氣的說：「我們很努力了，輸了一萬兩千西西的血，還電擊、電腦斷層掃描……可是後腦的破洞太大，還是沒能救回來。」

莫帆腦中嗡嗡作響，眼前一片空白，等他回過神來，聽見母親傷心啜泣，低頭看見自己手腕上的佛珠手鍊，心中無比自責：「是我害的，如果爸爸有佛珠保佑就不會出事了，嗚……是我害的，爸……」

這時警察走過來跟他們核對身分，並告知車禍現場狀況：「根據目前的資料，傷者莫青松騎機車路經產業道路的施工地段，不知原因摔倒在地，頭部流血失去意識。根據報案者，也就是現場操作小型推土機的司機所描述，他看見莫先生自摔受傷，下車過去察看，聞到濃濃的酒精味，便急忙叫救護車。剛才我問過救護車司機，他說一開始是送去附近的何順興醫院，但傷勢太嚴重，他們無力搶救，只得改送到林外科綜合醫院。」

「這一延誤，多了二十分鐘，錯失黃金時間，唉！」醫生一旁嘆氣。

「那怎麼會摔破後腦呢？依照慣性定律，車禍自摔人會往前撲倒才對啊。」莫帆困惑的望著醫生。

「沒戴安全帽是很危險的。」醫生癟嘴搖頭，表情古怪的說：「但傷口在後腦確實不像自摔。不過。這個得要經過檢警調查才能確認……」

「除了那個推土機司機，還有其他人看見車禍當時的情況嗎？」莫帆問警察。

「目前所知沒有，司機是獨立一人作業，不過我們會繼續調查詳細情況。」警察說明。

不久親友聞訊趕來關心，七嘴八舌的提出許多疑問。

有人去看車禍現場，還拍照記錄，發現一堆高高的砂石占去路面大半面積，那小型推土機還在旁邊，於是來跟莫帆說：「一定是推土機司機撞倒你爸的，他誣指你爸酒醉騎機車自己摔倒，只是在脫罪。」

「可惜缺乏其他目擊證人。」有個親戚問：「你爸會酒後騎車嗎？」

「他確實有時候會這樣。」莫帆落寞的說。

「既然還不知道真相，那麼就讓檢警去調查吧，還是將喪事辦好要緊。」母親哀傷的說。

於是莫帆打起精神，一邊開始辦理後事，一邊與警察聯繫，配合檢方查案。但是眼前更傷腦筋的是該如何對阿嬤隱瞞這個惡耗？

莫帆的阿公早在十年前病逝，留下阿嬤住在伯父家，今年八十三歲，罹患糖尿病、心臟病和腎臟病，長年洗腎度日，每天吃的藥丸加起來有半個小碗的量，離開床就得坐輪椅，一天清醒的時間不超過五個小時。

家人們都擔憂這風中殘燭禁不得丁點風吹草動，偏偏伯父家就在民雄，父親常常會過去問安，即使遇上大月忙碌的日子，一個月最少也會過去一次。這該怎麼瞞呢？

正憂煩時，家中電話忽然響起。莫帆走過去接了起來：「喂……」

「阿松呢？」一個蒼老沙啞的聲音微弱的說。

「阿嬤！」莫帆驚呆了，說起話來變得支支吾吾：「阿嬤，你、你、吃飽了沒有？藥……吃了嗎？」

「阿松呢？」阿嬤又問。

「我爸，我爸……」莫帆眼巴巴的望著一旁的母親，抖肩膀，晃腦袋，眨眼睛的討救兵。

母親急中生智，高聲說：「去……去泰國，他們水電工會舉辦年度旅遊，去泰國玩了。對了，去年去越南，今年去泰國。」

莫帆照著說了，阿嬤卻問：「什麼時候去的？要去多久？」

「嗯……昨天去的，他們要去玩兩個星期。」莫帆胡謅著，心裡卻慌張不已，不知兩個星期後，又該用什麼理由當藉口？這樣下去總有穿幫的一天。

「嗚……嗚……」沒想到卻聽見阿嬤啜泣。

莫帆警戒起來，難道阿嬤已經知道了嗎？

卻聽得她繼續哭著說：「我昨天晚上做夢，嗚……夢見阿松五歲時那件可怕的事。元宵節，我帶他去北港看電動花燈。那時會場內的人非常多，多到快淹到燈臺上了……我拉著他的手，拉得好緊，我們被人潮擠來擠去，有幾次差點被擠散了，我趕快拉得更緊。忽然間我回頭，發現手上拉的手不是阿松的，是一個不認識的男人。天公伯啊，阿松不見了！我非常驚恐，趕緊四處找人，大聲喊：『阿松！阿松啊！我的寶貝兒子啊！你跑去哪裡了！』嗚……」

「阿嬤，不要哭，對身體不好。」莫帆被電話裡那哀傷到絕望的淒涼呼喊，感染得落下眼淚。但為了不讓阿嬤聽出破綻，他強忍淚水，刻意笑著問：「後來有找到嗎？」

「好在是老天保佑，我的阿松眼睛大，耳朵靈，從一堆人當中鑽出來，找到了我。哎——」阿嬤這聲嘆息既長又厚實，有如掏空了肺，讓心上大石落下的聲響。「害我哭得好淒慘，趕緊把他攬得緊緊的，很久很久都不敢放開。」

「我爸有哭嗎？」莫帆忍不住好奇發問。

「那還用說嗎？小孩子失去父母，那有不哭的？就算只有幾分鐘。」

「阿嬤，你不用擔心，阿爸今天早上還打越洋電話回來報平安，說要去看猴子騎大象。」莫帆又瞎掰了一句。

阿嬤語氣變得平緩許多。

「他有沒有把那串佛珠戴在手上呢？」阿嬤問。

「啊？」莫帆舉起左手看著那串楠木佛珠手鍊，一時語塞。

「那是他當兵退伍後，我去佛寺求來給他保平安的。」阿嬤進一步說。「自從那一年的元宵過後，我求了一個平安符給他戴在脖子上，誰知戴了十幾年後，他竟然在當兵時搞丟了。我趕快換上這個佛珠手鍊，總是要有個保平安的東西在身上，我才比較安心。」

「有啦！阿爸當然有戴著啊！」莫帆心虛的回答。

「那就好，那就好。」阿嬤沒再說什麼，逕自掛了電話。

由於父親是在外頭出事，按照風俗習慣，喪禮不能在家辦理，而是改在嘉義市的殯儀館進行，莫凡和母親只得兩頭奔波。伯父家的人要去祭拜，也都留一個人在家陪著阿嬤，以免她起疑。

頭七那天在做法事時，伯父面色凝重的對莫帆說：「你阿嬤今天一大早就醒了，心事重重的樣子，問她哪裡不舒服，她只是一直說……唉。」

「說什麼？」莫帆憂心的問。

「她說，她夢到你爸爸，靜靜的站在面前大概十公尺的地方，不講話，沒有表情，就是靜靜的看著她。然後……」

「然後？」

「她說你爸爸手上，沒有戴著那串佛珠手鍊。」伯父難過的低下頭。

「啊！」莫帆看了左手的手鍊，急忙用右手抓住左手腕，把手鍊完全遮蓋。

「紙包不住火，這樣瞞下去也不是辦法，遲早必須讓她知道。」伯父吸口氣又吐出來，沉重的說：「待會法事做完，你跟你媽到我那裡，我們好好的把你爸的事說給她老人家聽吧！」

「好。」莫凡輕允一聲，下意識的把手鍊拿起來，塞進褲子的口袋裡。

終於等到法事結束，一行人來到伯父家，進了阿嬤房間，卻看見她正睡在床上。伯父準備搖醒她，忽然聽見她在睡夢中喃喃自語：「全身長蟲，腳斷掉了，全身長蟲……腳斷掉了……」

大家面面相覷，不知那是什麼意思。

母親猜測：「是不是你爸爸心有不甘，又給她托夢，要讓撞死他的人全身長蟲，雙腳斷掉？」

這聲音吵醒了阿嬤，她喘口氣睜開眼睛，疑惑的問：「你們怎麼都在這裡？」

「阿母……」大伯欲言又止，眼皮一眨，滾下淚珠。

「唉！你們不用講了，我已經知道了。」阿嬤掙扎的坐起身來。「阿松不在了，對不對？」眾人都沉默落淚。

看大家難過著不說話，她又說：「他今天早上來過我夢裡，我也哭過了，你們都別再哭了。」

阿嬤那異常平靜的反應，倒是出乎莫帆預料。

接著她問起官司的事，知道不是很順利，只交代莫帆說：「你爸爸是個講理又重情意的人，就這麼莫名其妙被人撞死，你們一定要幫他討回公道。」

莫帆堅定的點頭回應。

接下來連續辦了幾場法事，有一回伯母來對莫帆耳語：「你阿嬤最近睡覺時，都會一直重複那兩句夢話。」

「你是說……全身長蟲，腳斷掉了？」莫帆問。

「沒錯。」伯母一臉不可思議的表情。

莫帆因而更加篤定了。

不久後，案件第一次開庭，營造公司老闆和推土機司機都是被告，由老闆出席，矢口否認司機撞人，還強調聞到死者身上有濃濃的酒味。莫帆請檢方幫忙詳細調查，並且對老闆撂下狠話：「我爸頭七時回來托夢給我阿嬤，說一報還一報，如果你們死不認罪，就要讓你們全身長蟲，雙腳斷掉。」

「笑話！我可不是被嚇大的！」老闆還大聲告狀，「法官，他恐嚇我。」

「那是我爸講的，不是我講的。」莫帆笑著說，「你去告他恐嚇吧！」

「嗯，恐嚇不成立。」法官揮手說。

就這樣不歡而散。

這場官司倒是曠日廢時，一拖兩年過去。這期間莫帆除了按照規定上法院出庭之外，也跟檢察官保持聯繫，詢問相關進度。

果然，經過調查，父親的機車有被撞的凹痕，推土機表面殘留機車的外漆，救護車司機和醫護人員也都證實，並沒有在急救過程中聞到傷者身上散發酒精味。

最終宣判的前兩週，那個老闆冷不防跟縣議員出現在莫家的門口，兩人低聲下氣，姿態極低，顯然議員是來充當和事佬。令人驚訝的是，老闆竟然左腳打石膏，手拄枴杖。

他們在客廳坐定後，老闆神色憂鬱，吞吞吐吐的對莫帆和他母親說：「那個……莫先生曾經托夢放話，說要讓我們全身長蟲，雙腳斷掉。」

「哼！」莫帆擺高姿態，心中卻大呼不可思議：難道父親托夢的毒咒應驗了嗎？他不禁得意的說：「看來是報應來了。」

「哈！」老闆尷尬一笑，皺起眉頭，搖頭說：「去年，那個司機，他的腰和背長了皮蛇，巴掌那麼粗，好大一條，痛到吃不下睡不著，看醫生吃藥都沒效，有幾次還痛到去撞牆。我想那是帶狀皰疹，並不是全身長蟲，也就不理會這件事。但是我上週騎機車去巡工地，一個閃神竟然撞到電線杆，所以……」

「所以怎樣？」莫帆奚落的說：「哈！你怕另一條腿也不保嗎？」

「啊！」那老闆嚇得彎腰作揖，顫抖回答：「能不能跟你們和解？拜託！拜託！」

「早知如此，何必當初。」莫帆冷笑。

最終順利達成和解，民事賠償七百萬。

幾天後法院宣判，推土機司機過失殺人，入監服刑一年十個月，父親終於沉冤得雪。

那天聽完宣判後回到家，莫帆拿下手腕上的楠木佛珠手鍊，放到父親的牌位前，焚香敬告訴訟成果，請他安心，並打電話向阿嬤回報。

他先說出法院的判決，然後用讚嘆的口氣說：「哇！我爸爸托夢給你真的很靈，那個司機長皮蛇，營造公司老闆斷了一條腿。」

「什麼很靈？我只記得在夢裡看到他沒戴佛珠手鍊，這樣而已。」

莫帆發現彼此認知有出入，便進一步說：「你不是都會說夢話，說爸爸要讓對方全身長蟲，腳斷掉。結果全部都應驗了。」

「我什麼時候說過你爸爸講這些？」阿嬤停頓了幾秒鐘之後，認真的澄清說：「不對啦！那是我因為糖尿病，皮膚乾癢，像全身長蟲，又常睡覺時小腿抽筋很痛，腳像要斷掉了。每次快醒沒醒時，這些不舒服的感覺很明顯，我就會忍不住發發牢騷說，唉！全身長蟲，腳斷掉嘍！」

「啊！什麼？」莫帆愣住。「原來是這樣喔！」

掛完電話後，他思前想後，忍不住放聲大笑。

◇◇◇

「哇！這故事好有意義。」光悟法師讚嘆。「是你憑空編撰的嗎？」

「對，我瞎掰的。好聽嗎？」美華回問。

「好好聽。」那婦人笑著說，「雖然是巧合，但也代表天理昭彰，報應不爽。」

「我看不是巧合這麼單純。」光悟卻嚴肅的說，「想必那個司機說了那麼大的謊，內心承受著巨大的壓力，導致免疫力下降而誘發了帶狀皰疹。而老闆是被預言所暗示，一直擔心某件事不要發生，反而更容易發生。一切都有跡可尋，也有科學的解釋。」

「總而言之，兩個字……」美華望著婦人的兒子，用力的說：「心虛！」

少年抖了一下，然後半低著頭，囁嚅著發問：「那，那……他爸爸來給阿嬤托夢，沒戴手鍊……也有科學的解釋嗎？」

「如果是心電感應，應是指人和人之間產生的連結，至於人和亡者，就難用科學來解釋了。」光悟說，「不過在佛教中有『中陰身』的說法，那是人死後未投胎前的階段，或許他爸爸真的回去找過阿嬤……」

光悟還沒說完，少年忽然暴哭起來：「哇！嗚……我不是故意的，我只是跟他鬧著玩的。嗚……」

光悟詫異，婦人尷尬的說：「是我兒子跟同學去野溪烤肉，發生溺水事件，他沒事，同學卻溺死了，他內心很難受，沒能救助到同學……」

「不是這樣的！我們五個人，是我亂跑到上游，發現了那個深潭，我下去游泳覺得很好玩……我該死。嗚……我該死！」少年歇斯底里的大叫。「我跑上岸回去找他們，四個人都在忙著烤肉，我偷偷拉他跟我去看祕境。我不應該鬧他的，他說他不會游泳而拒絕下水，我卻扯下他手上的木頭佛珠手鍊，跳進水潭要他來搶回去。他說那是他過世的阿嬤給他的，要我還他，我不肯，他只好跳進水潭要抓回那條手鍊。沒幾秒鐘他就沉下去，又冒出頭掙扎，嗚……我去拉他，卻被他抱住壓在水下無法呼吸，我趕緊掙脫他游上岸，一回頭，只看到那串佛珠手鍊漂在緩緩晃動的水面上，他卻不見了，哇！嗚嗚，是我害死他的，是我害的……」

「怎麼會這樣？怎麼會這樣？」婦人滿臉驚恐，不知所措。

「我如果再不講出來，我會瘋掉的！」少年又痛苦的叫著。

「這……他的父母如果知道了，會很生氣的，你……」婦人似乎陷入兩難。

「不如，你去警察局自首，並誠心向他的父母認錯。」美華建議說，「如果有民事的賠償金，也該承擔負責，這樣才能脫離良心的譴責，才算是對同學真正的致歉。光是燒一條佛珠手鍊給人家，有意思嗎？」

「嗚，嗚……」少年哭了好一會兒，然後抬頭望著婦人說：「媽，陪我去，好嗎？」

「好吧，唉！」婦人沉重的嘆氣。「我也不願意看到你一輩子都受到這麼痛苦的折磨。」

美華把楠木佛珠手鍊還回去，母子兩人便站起來告辭。

「啊！等一下，」服務人員追上去。「你們帶來的供品，忘了拿走。」

「這些是要供養師父的。」婦人把供品拿去放到沙發區桌上，美華一看，是兩袋水果和一個鐵製的方形圓角餅盒，外包裝印有「臺中名產太陽餅」字樣。

那兒子回頭對美華一鞠躬，誠摯的說：「謝謝你。」

「嗚……」婦人擦著眼淚，拍拍兒子的背，兩人就轉身離去了。

第三話

鐵製圓角方餅盒

服務人員為美華和光悟法師倒來兩杯茶水，便回到櫃臺值勤。

「美華小妹妹，你這故事太好聽了，不但感人還救治人心，真是了不起。不過你似乎早就看穿那個少年心虛，才故意掰了這樣的故事，對吧？」光悟法師說。

「沒錯。」美華點頭。

「你是怎麼做到的？」光悟不解的問。

「因為他在拜拜的時候，一直低頭痛苦的喃喃自語。我從脣語讀出來，他說的是『對不起』三個字。」

「原來如此。」光悟又看了那封信一眼。「『瞎掰舊貨宗』，難不成，你就是開創這個新法門的元祖？」

「是的——」美華說完猶疑了一下。「呃，不是。」

服務人員轉頭看著他們，顯然也很好奇。光悟聽著有點哭笑不得，只得再問：「你今年讀幾年級？」

「國中二年級。」

「你從小是天才兒童？」光悟又問。

「我猜，你是作文資賦優異學生？」服務人員按捺不住，跑過來參與。「《世說新語》中的〈夙惠〉篇，記載的都是天才兒童的言行，你跟他們一樣。」

「都不是啦！」美華鄭重的解釋：「是我從小就閱讀很多書，多元多文本閱讀，天文、地理、物理、化學、生物、環境、地球科學、歷史、哲學、藝術、宗教……無所不讀。」

「你才國二，今年才十四歲吧！」光悟感到不可思議。「就讀過這麼多書了嗎？」

「我知道了，你會速讀。」服務人員說。

「沒有，除了讀書，當然還要觀察萬事萬物，人際關係、新聞時事、國際情勢、醫療保健、休閒娛樂……事事關心。」美華不想讓這話題延續下去，趕緊說：「光悟法師，您對這個法門有沒有興趣呢？可以度化很多人喔！」

光悟往椅背一靠，笑著說：「提起說故事，我天天都在說啊，不過講的都是佛經的故事。如果是要為舊貨編撰故事，那也不難，不信的話，我也可以說個故事給你聽聽。」

「真的嗎？」美華隨意捧起桌上的餅盒，「說說這餅盒的故事好了。」

「這家是有名的老餅店，但是這盒子不是舊貨。」光悟打開盒蓋，一陣餅香飄出。「看吧！很新鮮的太陽餅。」

服務人員把整盒拿過去看標示，說：「這裡有注明，有效期限還有兩星期。」

「沒關係，老店的新貨，你就把它當作舊貨來說。」美華笑著說，「重點是故事。」

「沒問題。」光悟一口答應，然後對服務人員說：「這樣好了，就請你當裁判，看看我和美華，誰講得比較好。」

「沒有私心的喔！」美華不放心的提醒。

「那當然。」服務人員堅定的回應。

「好的，這個鐵製的圓角方餅盒，跟糕餅店做餅的師父有關……」光悟法師動起腦筋，緩緩道出。

◇ ◇ ◇

俊宇永遠忘不了父親從大烘爐裡拉出鐵盤時，那燦爛如驕陽的笑臉。鐵盤裡盛著金牌般扁圓形的太陽餅，黃澄澄的光芒，映在他的大白牙上，也照在他額上的汗珠。蒸騰的熱氣中，父親高大的身形閃閃發光。

那香酥甜蜜，滿溢金黃色浪漫的太陽餅，伴隨俊宇父親走了五十年的生意路；也是他送給俊宇，珍貴勝於金銀的寶貝。

俊宇最愛徘徊在大烘爐邊，欣賞父親製餅的好功夫。父親在工作臺前又擀又揉，又包又捏，雙手來回交錯，快如飛梭。他將白皙的生餅推入烘爐內，眼神中充滿期待和自信。接著，一陣香味撲來，濃煙騰空，雪白生餅變成金黃太陽，他深深吸一口香氣，揮汗微笑，如同驕傲的魔術師成就一場完美的演出。

俊宇的父親為了這個家，下苦工研究，硬是在滿街太陽餅店競爭激烈的臺中市區，立有一席之地。他靠的不是「正宗」、「祖傳」、「自由路」等等趨附虛榮的小伎倆，而是對製餅技術的講究和口耳相傳的好味道。俊宇家店面沒有誇大張揚的招牌，只貼了一副對聯，上聯寫「酥透千心層層好味道」，下聯是「香傳萬里陣陣美名聲」。

父親堅持一張酥油皮一定要擀出上百層薄皮，層層分明，如此才能入口即化，不勞齒舌。而麥芽糖必須均勻分布在餅心層間，讓每一口都能享受甜蜜的洗禮。每一項堅持都意味著時間和汗水，換來的是客人翹起的大拇指和接連不斷的訂單。

工作量這麼大，這位辛勤的製餅師傅每天早起晚睡，經常汗流浹背，但臉上仍總是一派歡暢。他不是跟著收音機裡的老歌對嘴哼唱，就是獨自吹起口哨小曲自娛，彷彿那些手中的活兒不是工作，而是休閒享樂。

俊宇的母親每天在櫃臺後面招呼客人，但生意上的糾紛不是她應付得來的，仍需要丈夫親力而為。只要他出面，便能快刀斬亂麻。他果斷明理，以客為尊，即便犧牲賠錢，亦在所不惜。母親常繞在父親身邊焦急擔心，害怕丈夫讓人軟土深掘，動了基業。然而事實證明，餅店的事業不但沒有損耗，反而蒸蒸日上。

俊宇身為家中獨子，功課保持優等，鮮少使父母擔憂。他父親認為功課為重，不要俊宇幫忙做餅，只偶爾在假日裡讓俊宇協助包裝。然而，上了中學，俊宇結交一群玩樂的朋友，漸漸疏忽功課，也離父親的大烘爐越來越遠。

那時母親表現得急躁難耐，每次見到俊宇便是一番數落：「你這孩子，天天往外跑，出門像丟掉，回家像是撿回來的，成績跳降落傘，你還想不想讀高中大學啊？你不要見到我就躲，每天擺一副臭臉給我看，我沒欠你一千萬，你怎麼不學學人家……」

叛逆的年歲裡，俊宇只覺得母親嘮叨討厭，全然不認為自己有何過錯。俊宇的心離家越遠，越是做出荒唐的行為，學會抽菸、喝酒、打架、飆車……終於，夜路的盡頭，俊宇羞慚的縮在警局角落，聆聽自己狂亂的心跳和警察的斥責，惶惶等候父母保釋。

出乎俊宇意料之外，來的人只有父親。他一手拎起俊宇衣領，另一手賞過來一個巴掌，俊宇惱羞成怒，但不敢發作，撇過頭去，以冷漠偽裝。

「我相信我的兒子，我的兒子不壞。」父親說完將俊宇擁入懷中，似乎看出俊宇的徬徨和恐懼。「成長過程難免會走岔路，我少年時代做過更匪類的事；但是，一個男人要為自己負責，不能讓別人為他擔心。你阿母操煩你的事情，常常睡不著，你知道嗎？我瞞著她，沒讓她跟來，你知道嗎？」

俊宇強忍的複雜心緒潰然決堤，在父親溫熱厚實的胸膛上流淚。

「誰沒有做過錯事？錯了以後呢？」他父親又說，「只要勇於彌補，每一條錯誤都是身上光榮的徽章。」

俊宇的父親沒有好學歷，也沒有高深的學問，卻說出令俊宇折服感動的話。

因著父親的寬容和鼓勵，俊宇遠離同儕誘惑，回歸正常作息，順利考上高中。然而他的升學路崎嶇，苦讀三年之後，大學聯考竟因過度緊張，將國文試卷攜出場外，違反規則以零分計算，使俊宇又悔又恨。

大考完的那一夜，全家坐在客廳，氣氛凝重沉悶。母親唉聲連連，欲言又止，想罵俊宇，卻怕俊宇失意想不開，想安慰俊宇，又心有不甘。父親沉吟了一會兒之後，便拿起電話，找臺北的補習班。

母親說：「還沒放榜，說不定還有可能考上。」

這話說得俊宇心虛不已。

父親則說：「既然遇上了，就不要逃避問題。即便吊上車尾，也不符合自己的實力呀！看事情要有最壞的打算，也要把眼光放遠，失敗一次算什麼？」

父親給了俊宇臺階下，也間接鼓勵俊宇。

放榜時，俊宇果然以些微分數名落孫山。正如父親所言，就算是考上最後一個志願，俊宇也不會甘心屈就，那麼就為自己的失敗負責，用下一次的成功來彌補吧！於是俊宇收拾行李，北上租屋準備重考。

補習班的生活真的辛苦，兩百人擠在一間教室，從早到晚交換彼此呼出的競爭苦悶氣息，大大小小的考試壓力日以繼夜催逼，俊宇彷彿身陷五指山下，沒有一絲喘息空間。租屋的品質也不好，為了節省租金，住的是頂樓加蓋的木板小隔間，一床一桌一櫃，別無長物。

隨著倒數日減少，臺北盆地的空氣也越來越炙熱，頂樓小屋有如大烘爐，烤得俊宇焦慮不安。雖然有一臺電扇，但是緊張加上暑熱，仍常使俊宇夜裡汗溼床板，輾轉煎熬，難以闔眼。

難掩心中煩悶，俊宇打電話回家，透露出憂愁和虛弱。沒想到隔天補習完回租屋時，父親已等在房門口，他左手提一袋太陽餅和一個鐵製圓角方餅盒，右手抓一臺包著塑膠封膜的全新大電扇。像是想掩蓋焦慮擔憂的心情，他誇張的笑著說：「怕耽誤你讀書的時間，沒有帶你一起去買。我直接問計程車司機，他很好心，載我去電器行，又載我來這裡。人家說臺北人沒有人情味，不是這樣的嘛！」

俊宇笑了，猛然驚覺，那是他重考補習以來，第一次真心微笑。

安置好大電扇，父親把那袋太陽餅交給俊宇，手上還留著鐵製餅盒。

「這一袋散裝的你自己吃，這一盒，帶我去找你房東，送我們家的太陽餅給他吃。」

「怎麼會有這個鐵盒？我們家的太陽餅不是都用紙盒裝嗎？」

「我特地去買的。鐵盒看起來漂亮又高級，送給房東更體面。」

「不用吧！我跟他又不熟。」房東先生就住在樓下，但是除了交房租之外，俊宇從不曾與他往來。「而且房間那麼爛，房租又那麼貴。」

「出門在外，寄人籬下，多個朋友總是好的。」

俊宇為父親的一廂情願感到好笑，就算人家願意，俊宇哪有時間跟他做朋友？讀書都來不及了。然而在父親的要求下，俊宇還是帶他到樓下找房東。

見到房東客氣接受之後，父親終於安心離去。

回到房間，俊宇打開大電扇，看著書桌上的那袋太陽餅，一陣委屈辛酸湧上心頭。他拿出一個太陽餅，暫時拋下書本，到樓下商店買來烏龍茶包，泡出一杯香濃的茶水。先喝一口茶，將齒舌布置成甘爽的環境，再用手指輕輕撕開一顆太陽餅，試試彈性。父親揉皮的勁道在俊宇指尖拉扯，千層酥皮展現出專業的用心。

俊宇含一口入頰中，餅皮隨即又綿又脆的化開，一股香甜如水墨般在他舌中暈開，家的感覺隨唾沫下嚥，點滴心頭。俊宇想起父親的大烘爐、他滿頭的熱汗、開朗的笑臉，想起那些鑽出烘爐熱鬧迎接俊宇的小太陽。記憶歷歷，而如今自己是那麼孤寂徬徨，焦躁無助……他難忍感傷與激動，眼淚不聽使喚流個不停。

「只要勇於彌補，每一條錯誤都是身上光榮的徽章。」這一句遙遠的話語，輕輕在俊宇耳旁響起，那是父親鼓勵他的一句話啊！

俊宇抹去眼淚，忍住抽搐，才發覺已是滿身大汗。大熱天裡喝熱茶，配乾餅，本來就不適宜，難怪熱汗淋漓。然而奇妙的是，汗水彷彿逼出一身的心毒，頓時使俊宇清涼舒爽，心曠神怡。他到浴室沖洗之後，竟能無視於炎熱、焦慮和車水馬龍的噪音，靜下心來專心讀書。那一夜，大電扇吹出的雖是熱風，他依然睡得香甜。

幾天後，他在資源回收箱中看見一個鐵製圓角方餅盒，想必是房東吃完了太陽餅，拿去回收了。俊宇如獲至寶似的連忙撿回去放在枕頭邊，撫慰飢渴的鄉愁。

那一年，俊宇如願考上大學，父親在店門外貼紅榜，放鞭炮，逢人便誇說他兒子如何厲害，只有俊宇自己知道，那靠的全是父親給予的力量，而那個餅盒被他拿回臺中老家，收藏在房間中，成為那段重考日子的重要紀念品。

如今俊宇在大臺北職場與人競爭，不如意事十有八九。當俊宇失意挫折時，只要想想父親和他的太陽餅，便能掃除陰霾，激勵自己往光明面設想，而事情也總是因此轉圜。同事佩服俊宇的抗壓力，老闆稱許俊宇的續航力，而俊宇則將之歸功於父親的影響。

今年過年時回臺中老家團聚，父親一時興起，在年節停工時重開烘爐，為的是做一盤太陽餅給俊宇吃。

當變壓器如夏蟬般吱吱嘹響，暖人的爐溫引領家人往烘爐靠近，父親熟練的拉開爐門，一顆顆金黃圓潤的太陽餅好似放出千萬道霞光。他提高嗓門呼著：「香噴噴的餅出爐了——」

俊宇欣喜莫名，彷彿回到孩提時代，幾乎要跳起來手舞足蹈。

然而，金燦燦的黃光映照在父親身形上，俊宇看見他一頭灰白的髮、臉上縱橫交錯的皺紋、鬆垮瘦弱的肌膚……彷彿一顆努力綻放餘光，煦煦昏黃的夕陽。俊宇不禁鼻酸，視線模糊，又怕父親發現，趕忙跑去房間拿來那個珍藏的鐵製圓角方餅盒來裝。「我要帶去臺北吃個夠。」他一邊說，一邊以微笑掩飾。

他知道，無論何時，他都應該散發父親給予他的光和熱，一如出自父親手中，那發亮飄香的小太陽。

◇◇◇

光悟法師說完了故事，美華立刻拍手稱讚：「好好聽的故事，一個直爽坦率、陽光正向的父親，導正了一個差點誤入歧途的兒子。」

擔任評審的服務人員卻若有所思，久久不語。

「這故事好有意義。」服務人員為難的說，「跟剛才〈楠木佛珠手鍊〉

一樣好聽，我實在分不出高低。」

「你好會講故事，沒有加入『瞎掰舊貨宗』真的很可惜。」美華感嘆的對光悟說。

光悟笑笑說：「我這裡有很多信徒，常常來跟我分享他們的人生回憶，所以我能說出非常多故事。但是我不想繼承別人的衣缽，因為我以成為高僧自我勉勵，一輩子累積了豐厚的道行，自己也想創立一派，當個開山始祖。」

服務人員認真的說：「畢竟人們最記得的，最崇拜的都是開山老祖。所以說，一個有開創性的人，寧願當個小門小派的祖師爺，即便後來失傳滅門了也無妨，都好過隱沒在別人的光芒下，永遠無法被人看見。」

美華調皮的對服務人員說：「你把住持不好意思講的話，全都講出來了。」

「哈哈哈！」光悟和服務人員相視大笑。

「我不加入這『瞎掰舊貨宗』，並不是看不起你一個小女孩。就算今天來的人，是佛學法力都比我高超的師兄光藏法師，說他自創門派要收我為徒，我也斷然不會答應啊。」

「我懂，您有您的志向和理想。佛法度人有八萬四千法門，有志者應該像您這樣，找出自己最擅長的方式來救度眾生。」美華伸出手，比了個讚。「我很佩服法師的志氣和決心，祝福您。我也要走了，再見。」

她站起來向光悟鞠躬，然後往外走去，光悟法師也起身送別。

美華搭上計程車離去後，光悟回到沙發區，準備收拾東西後再回去處理寺務。忽然一聲招呼傳來：「光悟住持，你在忙啊！我專程來找你，有事拜託。」

光悟抬頭，認出來人：「啊！是翁探長，好久不見了。來來，請坐。」

「我是來打聽消息的。」翁探長坐下來說：「清泉寺的常喜小師父來找我，說光藏法師失蹤了。聽說光藏最常來找你，不知道你有沒有他的訊息？」

光悟也坐下，回答：「唉！常喜上週已經聯絡過我。我盡其所能的問過許多人，都沒有消息，也是擔憂啊。」

翁探長不經意看見桌上那張邀請函，印有「瞎掰舊貨宗」五個字。

「哦？」即刻敏銳的拿起包包裡的精裝筆記本核對起來。

「怎麼了嗎？你……」光悟對他的舉動感到奇怪。

「你看，瞎掰舊貨攤，瞎掰舊貨宗，都有『瞎掰舊貨』四個字。」

「這是什麼東西？」光悟指著那本筆記本。

「是光藏法師失蹤前留下的筆記本，裡面寫了很多故事，我跟常喜借來研究……」翁探長停止說明，反問道：「這張邀請函是哪來的？」

「剛才有個國中女生帶來的，剛走……」

翁探長二話不說，衝出殿外，但廣場上早就空蕩蕩了。他又回到殿內，急切的說：「只要找到那個女孩，應該就能知道光藏的行蹤。」

「聽你這麼說，」光悟沒有驚訝，反而似乎了悟了什麼，「我剛剛一直覺得奇怪，明明是個國中生，講話卻有超齡的表現，好像她的身體裡面住著一個老靈魂。」

「什麼意思？」翁探長搖頭。

光悟便把剛才發生的事情，一五一十的回報了。

「你是說，少女的身體裡，是個會說故事的老人靈魂，像借屍還魂那樣嗎？」翁探長說著都覺得好詭異。

「不不不！比較像是有一老一小兩個靈魂。」

「被附身嗎？」

「看起來也不像。」

「老靈魂是光藏嗎？難道他已經死了？」

「呵呵！如果是他，怎麼不跟我相認就好？」

「會不會光藏沒死，但是用某種法力把自己的靈魂寄生到少女的身體裡。」

「這推測也太瞎了！」光悟指著翁探長，開玩笑的說，「難不成你是這瞎掰舊貨宗的弟子？」

「哈！」翁探長搖頭笑著。「我是第一次聽到這個宗派。」

「別說你了，我以前也從沒聽過。」光悟也笑。

「唉！好吧！如果那個女生再來，記得通知我。」翁探長拿起手機把邀請函拍下來，然後請光悟也拿出手機，兩人互相加為通訊軟體好友。

「如果你有光藏師兄的下落，也請趕快告訴我，讓我安心。」光悟誠摯的懇求。

翁探長點頭比個ＯＫ的手勢，便步出殿外，驅車離去。

回到偵探社之後，他又打手機給常喜：「光藏法師有沒有熟識什麼香客、施主、大德，是賣舊貨的？」

「這我不清楚，要問我們佛寺的志工，他天天來寺裡幫忙，師父外出常常會請他當司機。」常喜說，「他今天有來，我請他聽。」

那位志工接過手機，聽完問題便回答：「有，有個舊貨攤的老闆叫做盧彥勛，跟師父很熟，他很少到寺裡來，但師父會去逛他的攤子，兩人聊得很愉快。我還跟他買過一串二手的佛珠呢。」

翁探長一聽，覺得這名稱似曾相識，一翻開精裝筆記本，果然就找到了這個名字。「請問，盧彥勛是不是有兩個女兒，是雙胞胎？」

「沒有，我記得他應該只有一個女兒，讀國中。」

「叫做盧美華？還是盧美芬？」

「這我就不知道了。」

「那個攤子在哪裡？」

「臺中市北屯區的太原跳蚤市場。」

「好，謝謝你。」

翁探長講完手機後，心想：讀國中的小女生，該不會就是去找光悟的那個人吧？他猛的拍一下自己大腿，「哈！太好了，光藏的去處一定跟他們有關。」

那市場離他家不遠，看看時間已經中午，他打算買兩個便當，先回家跟老婆吃飯，再小睡一下，下午再過去偵察。

第四話

琺瑯雕花玻璃香水瓶

「喀隆、喀隆、嘶——」一列火車在高架橋上緩緩停止，車門打開，美華走出來，步下樓梯走出太原火車站。她朝馬路對面低頭，撐了一下鼻梁上的眼鏡，然後趁綠燈時快速通過路口，走進中部最大的舊貨二手市場——太原跳蚤市場。

「爸！」美華朝著一個攤位的老闆說。

「你來啦！」老闆盧彥勛走到美華面前。兩人聊了好幾分鐘，接著盧彥勛手一揮，兩人同時轉頭望向地面的貨品。

美華走到攤位前方蹲下，把眼前幾樣舊貨拿起來一一端詳，一面喃喃自語著。

不久有對中年夫婦沿路隨意逛逛，一同走到盧彥勛的攤子前，那位太太看上一個空香水瓶，走近扭開蓋子拿起來聞，然後說：「老公，你看。」她的丈夫接過去往瓶子裡聞了一下，微笑說：「還有點香味，你喜歡這款香水嗎？可惜已經空了。」

「不，是我媽收藏了幾個類似的香水瓶，都是玻璃瓶身，上下包覆黃銅花飾，內填藍、綠、紅琺瑯彩，好像鑲了寶石那樣，非常玲瓏精緻。我猜，這種民族風格強烈的香水瓶，應該都是土耳其生產的吧？」

「就是土耳其生產的。」美華湊過去說：「你好內行，知道這麼多。」

「我媽愛這個，如果她老人家還在，我真想買這送給她，讓她開心……」那位太太忽然臉色一變，把瓶子擺回攤子上，掩面擦起眼淚。

「唉！老婆，好不容易疫情已經趨緩，難得出來散散心，就不要再想那些難過的事了。」丈夫安撫她，但似乎沒有什麼用。

「我怎麼不難過呢？我媽打了三劑疫苗仍然染疫，還變成重症，短短兩天就這麼走了，我怎麼會不難過？嗚……」女人越發悲泣。

「這也沒辦法，她長年糖尿病纏身，腎臟功能又不好。」她的丈夫繼續安慰。

盧彥勛湊過來說：「唉，難怪這位太太這麼傷心，這場疫情持續了好幾年，奪走全球數百萬人的性命，其中老人的比例最高。打疫苗雖然能增強抵抗力，減少重症，但是有慢性病的人如果染疫，還是很危險的。」

「嗚……都怪我，都是我的錯，新聞媒體一直宣導，要這些高危險群多加防範，我卻沒有好好的顧著她。」太太傷心自責。「她說吃東西沒滋沒味的，聞不到菜香，上廁所也聞不到臭味，我都還沒警覺那是染疫的症狀，一直到她呼吸急促，失去意識我才……都是我的錯，我一直不知道能怎麼幫她。不，是我不能原諒我自己。」

「老婆，別難過了。」丈夫摟著妻子，拍拍她肩膀，盧彥勛在一旁無語以對，氣氛低迷。

「其實，這個香水瓶剛收來不久，裡頭曾經『裝』了兩個染疫病人的故事，或許能給你一些參考……」美華誠摯的說著。

「什麼故事？」太太伸手握住美華的手，懇切的問。

「求求你，趕快說。」丈夫一起哀求。

只見美華聞了聞香水瓶口，大驚小怪的說道：「奇怪，香味怎麼不見了？」接著她竟捂著鼻子，痛苦的說：「我聞不到味道了啦！」

「什麼？」太太好詫異。「你這是在學我媽生病的模樣嗎？」

「你怎麼可以在人家傷口上撒鹽呢？」丈夫生氣的說。「太過分了！」

「你們別急，」美華卻微笑著說：「完全是因為劇情需要……」

◇ ◇ ◇

那天，白琴正在鳳凰公司臺北總部的「調香室」上班，忽然感到前所未有的疲累，兩側鬢角邊也隱隱作痛。在這疫情肆虐的高度警戒時刻，她有了不祥的預感。果然，下班後她回到租賃的套房自己做快篩，試劑棒上跑出了兩條直線——陽性。她確診了，新冠肺炎的N次變種病毒，按照政府當時規定，需要居家隔離兩週。

她慌張的打開視訊跟男友繼程說這件事，繼程要她別太擔心，因為她已經打過三劑疫苗，罹患重症的機率很低。住在另一個社區的繼程安慰她：「我會把你當成太后來伺候，每天準時把三餐送到門口，你也知道我外公家開餐廳，瀟湘煙雨湘菜館，快列出『美食願望清單』給我，剁椒魚頭、臘味合蒸、東安子雞……想吃什麼盡量說。」

「你無聊，我有這麼奢華嗎？而且湘菜那麼重辣重鹹，根本不適合染疫的人吃。」她沒好氣的嗆他一下，心情舒緩了些。

「好吧，那麼除了早點之外，中餐和晚餐，我就都送你愛吃的雞腿便當嘍！」繼程笑著說。

她向公司主管回報，請對方別擔心新香水的研發進度，因為她一向都把調香室的各種精油分裝幾毫升拿回家裡，如同資料庫一般，供她在下班後隨時激發靈感，算一算總共兩百多個小瓶子。因此雖然居家隔離，但不妨礙她繼續研發。

接著她無奈的跟防疫單位聯繫，聆聽注意事項，然後跟遠在臺中市大甲的母親通話。年邁的母親先是擔憂，但是了解情況之後放心不少。母親叮嚀：「如果有不舒服要趕緊去醫院。」

「好，你自己也要小心，戴口罩，少出門，多洗手，別像我染疫了。」

說完這話之後，她就像被妖魔吸光精力，倒在床上昏睡過去。

隔天她被一陣門鈴聲叫醒，她知道繼程已經在門口放好早餐離開。她感覺頭比較不痛了，只是身體仍微微發熱，沒什麼食慾。但是為儲備體力抵抗病毒，她打開大門拿餐點，準備勉強吃一些。

繼程果然貼心，幫她買了最愛吃的蛋餅和豆漿，她欣慰的坐在沙發咬上一口蛋餅，忽然愣了一下。「怎麼今天沒加醬油膏？」她拿起蛋餅一看，「不對！有醬油膏啊！怎麼不鹹呢？」她又咬了一口，如同嚼蠟。她狐疑的喝一口豆漿，沒有豆香，沒有甜味，連白開水的滋味都稱不上。

她不信，泡了一杯烏龍茶，也顧不得燙，急急啜飲一口。脣舌溼潤的瞬間，她也跌進了空冷的黑洞，原本的茶香隱形了。她反覆品嚐，努力搜尋，都徒勞無功。她改在手腕滴上兩滴茉莉精油，然而那熟悉的馥郁甜美花香，也未如往昔悠悠飄進心田。

「大概是老天體諒我鼻子太辛苦，想讓它好好休息吧！」

她以為是像感冒鼻塞的症狀，不以為意，狠狠的先睡幾天。

然而三天後，洋蔥嗆鼻的辛辣、黑咖啡深烘焙的焦甜和紫羅蘭層層交疊的花香依舊無法知覺，她才驚恐起來。如同囚禁在一座密閉的玻璃屋中，她能瞧見街上行人雜遝，個個表情豐富生動的交談著，然而她卻聽不到任何聲響。每秒鐘掃過鼻間的氣味分子數以萬計，卻沒有一點味道為她暫時停留。她全然聞不到一丁點熟悉的氣味，什麼都好，卻是什、麼、都、沒、有。

難道這就是新冠肺炎的嚴重症狀之一？這時自我快篩雖仍是陽性，但所有症狀都已消失，唯獨這最「致命」的狀況仍在——她完全失去了嗅覺和味覺。

「糟糕！這樣怎麼研發新香水？」她慌張焦慮，自言自語。「一年一度的『臺灣創新香水競賽』送件日就在兩個月後，公司去年以一分之差輸給強敵『寶慶公司』落到第二名，業績大受影響，嗚……」

就在這時，她的手機響起，是繼程打來與她視訊。只見他慌張的問：「怎麼在哭？很不舒服嗎？我帶你去掛急診。」

「不是啦……」她一股腦的把煩惱和壓力全宣洩給繼程聽。

「不會啦！公司會體諒你的，現在是非常時期，不代表你的能力差啊！」繼程貼心的撫慰她。

「可是，我真的很想贏玉貞姐，我們已經輸給他們公司三年了。你也知道她是我在大甲老家的鄰居，我們的爸爸是換帖兄弟，常常相約到媽祖廟前榕樹下喝老人茶、下棋，她是我從小的玩伴。」

「這我知道啊，我跟她聊過幾次，她比你早入行十幾年，而且是帶你進這一行的貴人，你輸給她也是在情理之中，一點也不丟臉。」

「我不是怕丟臉，其實也不是針對玉貞姐，而是我很希望能拿到第一名，為公司爭光，讓家人以我為榮。」

「你不早講，我搞不好能提供你一些靈感。」

「你這理工科的死腦筋，又怎麼懂調香呢？」

「調香很難嗎？」繼程問，「不就是把各種精油倒在一起，就像是我外公家的廚師蒸煮剁椒魚頭，把紅的辣椒、白的蔥花、黃的薑末、綠的香菜，還有熱油噴香的蒜蓉鋪到大嘴鰱魚頭上，再把糖、醬油、香油調味淋上去……」

「不要胡扯，完全不是那麼回事。調香得要讓香水成品散發出前調、中調和後調，三種不同的韻味。而每一種都是不同的原料組合，千變萬化，非常困難，常常讓我聞到嗅覺疲勞了。」

「不一定要聞到才能調香啊！」繼程認真的說。

「你少自以為是了。」

「真的啊！」

「那怎麼做？你教我。」

「你才說我是理工科死腦筋。」

「快講啦！」

「想像力。」

「怎麼想像？」

「嗯，我想一下……」繼程頓了五秒鐘，然後說：「有了。你還記得我們第一次約會的情景嗎？」

「當然記得。」

「那是初冬的午後，氣溫舒適，我們去『白色戀人餐廳』喝下午茶，那一壺花茶的滋味很美，我到現在偶爾還會回味。」

「我記得，那是名為『寧靜午後』的花茶，裡面有薰衣草、馬鞭草和玫瑰，能紓解壓力，鬆弛神經，幫助睡眠。」

「那麼，你閉上眼睛，回想它的滋味。我先離開去忙，不吵你。」

白琴躺回床上，閉起眼睛，回想那時的情景……火光在小白燭上微微顫動，絢麗的深紫紅湯汁給人溫暖而愛戀的聯想，輕霧般的白煙從壺口緩緩蒸騰。她湊近吸一口氣，溼潤的鼻腔、飢渴已久的神經突觸和這之間無數的化學感知因子，普世歡騰的迎接那醉人的香氣——出乎意料的，竟然是橙花、茉莉、玫瑰和香草……層層疊疊的馥郁，複雜又和諧，彷彿一首偉大的交響樂曲。

「啊！」她張開眼睛，看見牆上時鐘，發現已經小睡半小時。「呀！這些夢中的花香清新濃郁，很適合當新香水的中調呢！」

她急忙找出紙筆，記錄下來。

繼程曾經到美國學習程式設計，後來又回臺灣當軟體工程師，每天都很忙，以前白琴習慣不打擾他，都是等他有空主動來電問候。現在倒好，送三餐來的時間固定聯繫，加上時不時一則訊息或是短暫通話，讓他們的連結更緊密了。

隔天中午，她拿到便當時又接到繼程的視訊。

「喂！你昨天叫我想像，還真有效，我已經有了新香水的初步靈感。」

她對鏡頭擠眉弄眼。

「太好了，你可以不要壓力那麼大了。」螢幕上的他爽朗的咧開嘴。

「才怪！在沒有完成之前，壓力是不會消失的。」

「我記得你說過，你爸生前是製香師傅，專門製作拜拜用的線香。也許他能給你一點靈感。」

「他嗎？我家的氣味就是那種樸雅的沉木香和檀木香。爸爸說沉香粉點燃後甘甜醒腦，檀香粉則是清香順暢；檀香還分印度老山香和西澳新山香等等，老山要比新山穩重。但對我而言全都是一味的古老、沉穩和嚴肅。」

「我知道你不喜歡。」

「我不是嫌棄我爸，畢竟我會對香味著迷，多少也受家裡環境啟發。小時候，我好崇拜他製香的功夫，我最愛遠遠的站在水缸旁看爸爸掄紙扇，我雙手還摀著鼻子，以防粉塵害我打噴嚏。然後，做好的線香整齊的鋪在木架上，火紅的香腳搭配金黃的上身，在豔陽的烘烤下變得光鮮，好看極了。」

「聽起來就很香，像烘爐裡的糕點飄散出成熟的香氣。」

「你這愛吃鬼，什麼都想到吃的去。」白琴笑一下，又說：「老實告訴你，當初會喜歡上你，可能就是在你身上看到我爸的影子。」

「喔！我身上有他的氣味嗎？」

「沒有。我爸很疼我，而你呵護我的方式，常讓我想起小時候跟我爸相處的記憶。」白琴回答，「你的體味是淡淡的漿果香，跟我爸很不一樣。」

「我是漿果香？哪一種漿果？草莓、蔓越莓、覆盆子、桑葚？」

「都不是，我一時也說不上來。不過你很單純，身上頂多加上公事包的皮革味。我爸就複雜多了，粗糙的手指頭有菸味，嘴角有茶香，他的梳子有油垢氣，刮鬍刀有乾酪臭，衣服的汗味中有木粉香。」

「聽你這麼說，我不抽菸，流汗也沒有木粉香，除了這兩個之外，其他的我也都有。」

「對啦！那是你們共同的『臭男人』味。哈！」白琴淘氣的笑。

「哎呀，一聊忘記時間，我該去工作了，今天先這樣，拜拜！」

「好，拜拜！」

白琴無滋無味的勉強吃著繼程送來的油雞腿便當，剛才說到老爸，真的好想他。她把便當丟一邊，躺在沙發上閉目沉思……

偌大的三合院中，爸爸握住一束竹枝浸入水缸，然後拿出來。還是幼童的她穿著拖鞋站在一旁，熱烈的期待著，爸爸卻挪移下巴，示意她後退。接著，竹枝移到高高堆起的檀香粉上，爸爸吸口氣，熟練的掄起來，宛如撐開一把巨扇。一時粉塵撲天飛騰，就像金牌總鋪師翻炒一鍋燃燒的焰火，歡鬧的晚宴即將開幕……白琴忽然靈光一閃：「對了！檀香的氣味分子比較大，會比較晚在鼻腔中現身，適合當作後調的主角啊！」

太好了，她又趕緊拿筆記下來。

然而欣喜過後，一陣低潮襲來。兩年前老爸心肌梗塞過世，走得很突然，遠在臺北上班的她，趕回大甲時，人已經躺在冰櫃裡。說好等自己會賺錢了，老爸生日要送他一臺按摩椅，說好有空要帶他來臺北吃大餐，說好要得到香水冠軍，讓老爸驕傲的去跟鄰居說嘴……她終究沒能好好孝順老爸，她的心既空冷又歉疚。

隔天繼程聯絡她時，聽出她的沮喪，詢問之後，她忍不住哭出來。

「你哭吧！盡情的哭，有我陪著你。」他在螢幕上心疼的說。

「嗚……」她激動的抽噎，淚水不住的流著。

「相信你爸爸在另一個世界過得很好。」他安慰，又溫柔的說：「來，我教你一個方法，我讀大學時曾經在社團上過幾堂『光的課程』，其中有說到，對於你有所虧欠的人，不論是在世的還是已經離開的，都可以透過冥想，贈送光球給對方，達到修補關係的功效。」

「什麼是光球？怎麼送？」

「你閉起眼睛，在心中想像一個光球從你的懷抱中升起，那裡面充滿了能量，想像你爸爸正站在你對面，然後你把光球捧起來，送給他。」

「這樣就夠了嗎？有效嗎？」

「我試過很多次，我發現在送光的過程，其實是給自己光明和熱度，讓自己變得正向。因為自己變好，和對方的關係也就因此改善了。你試試看嘛！多做幾次，反正你現在有的是時間。」

「好。」

掛斷視訊後，她就試著做做看，一次、兩次、三次……想不到漸漸的，她的心情平復了。

那一夜，白琴安穩的入眠。她夢見五光十色明滅閃耀的霓虹燈，強烈又世俗，卻引發情思。她接續夢見玫瑰的馨甜香味，心房滿是奔放熱情的浪漫感受，還有百合靜雅的幽香、白色教堂清脆的鐘聲……她將這些封入心中的瓶子，釀成純白色的愛之夢。白琴聽見一個男人的聲音說：「請記住我們一起創作出來的味道，這就是我們的暗號。」

「好。」

「來世我們相約繼續當戀人，好嗎？」

「好。」她靦腆允諾，陶醉其中。

忽然間，有個白色人影從一片霧中向她走來，並且捧起一個大大的金黃光球送給她。

「是誰？這味道是……」她聞到熟悉的漿果香。

「藍莓！」白琴忽然驚醒。「對了！繼程身上的氣味像是藍莓。」她愣愣的思索好一會兒，然後眉開眼笑起來。「果香很適合當前調啊！太好了，這樣一來前調、中調和後調都有了，『新香水』的三主調都成形了。」

就把這款香水取名叫做『戀人』，太棒了！」

她跳起來歡呼，完全忘了喪失嗅覺和味覺的痛苦。

隔天繼程沒有打來視訊，但門鈴依然照三餐響起，食物也都有送來，白琴撥打他的手機都沒人接，以為他在忙便不以為意。沒想到第二天還是這樣，因此她在聽見晚餐的門鈴聲時，匆忙跑到大門呼喊：「繼程！你這兩天在忙什麼？怎麼都沒跟我視訊？」

「啊！白琴小姐，我是里長。李繼程先生也確診了，前幾天送醫急救。之前他來幫你送餐，我們碰過幾次面，也交換過手機號碼，他去住院前便請我幫忙送餐給你。」

「啊？怎麼會這樣，他都沒告訴我。」

「他請我不要告訴你，免得你擔心而加重病情。」

「你幫他送餐過來幾天了？」

「今天是第五天喔！」

「什麼？」她趕緊再撥打繼程的手機，還是沒人接。

她不死心，繼續等候，手機響了很久，最後終於有人接起。「白琴姐，嗚……」是繼程的表妹。「我表哥重症過世了……就在前天。」

白琴的腦中一片空白，整個人癱軟倒在地板上。

她稍稍冷靜過後，重新聯繫繼程表妹，問明白一切。

原來繼程染疫時不想讓白琴擔心，強打精神，裝作沒事的來安慰她。

「但是他離開前那兩天，住院治療身陷痛苦，應該無法再視訊了。這，會不會是我精神迷亂產生的幻覺？不！這些不是幻覺，太真實了。難道是他心中牽掛著我，即使在彌留中，心心念念都想來呵護我？而前天那個夢，那個白色的愛之夢，竟然是繼程的告別……」

白琴解除隔離後，嗅覺仍未恢復，又因失去繼程受到重大打擊。她忍著悲痛把「新香水」調配完成，裝在土耳其製的琺瑯雕花玻璃香水瓶中，並且改名為「暗號」，送去比賽。

總算皇天不負苦心人，這回她終於如願以償得到冠軍。

頒獎典禮上，玉貞姐大方的來拉她的手。「恭喜，你太優秀了。」

「玉貞姐，這款香水的名稱，其實是我和他的約定……」她不知該怎麼回應，不自覺便將心事脫口而出。

「我都聽說了，我懂，也聞得出來。前調最早出現也最早消失，我知道那是繼程的氣味。」玉貞姐拿起那瓶冠軍香水，朝前方又噴了一下。

「嗚嗚……」失去嗅覺的白琴在一片水霧的迷茫中，不知是解脫還是傷感，不知是感謝還是失落，只是一味的哭。

不久，白琴在淚光中忽感迷眩，鼻腔內襲來一股退潮般的清爽舒適，像是一位誠摯、樸雅、溫柔的男人神祕降臨，輕輕敲扣她心門——

她驚訝的發覺自己的鼻翼正緩緩顫動，如花朵盛開般，吸嗅著瀰漫於空中，無所不在的，暗號。

「哇，好感人！」忍不住眼眶泛紅的女客人抹去臉上的淚水。

「其實你也可以學白琴和繼程，在心中默想一個大光球，每晚送給你的母親，給她能量和祝福，取代你的自責和悲傷。」

「好。」女客人拿起香水瓶抱進懷裡，感激的說：「謝謝，謝謝。」

「這多少錢？」她的丈夫問。

「不貴，五百元而已。」盧彥勛笑著說，「就一只裝過冠軍香水的瓶子而言，算是非常便宜了。」

丈夫掏錢付帳後，太太發問：「既然是這樣的瓶子，怎麼會出現在舊貨攤呢？」

「那個白琴啊，以前跟我買過東西……」盧彥勛掰不下去了，急忙看向美華討救兵。

美華一愣，接著回答：「一年後，在繼程忌日那天，白琴把這瓶香水全部灑在繼程的墳墓上，然後把瓶子拿來這裡交給我爸，說了他們的故事給我們聽。」

「對對對。」盧彥勛猛點頭。

「我猜她是想揮別過去，重新出發。」那位太太很有見地的說。

「不是不是，那不是她的用意。」美華笑著說，「她是希望這瓶子和香水的故事，能幫助跟她有類似遭遇的人走出悲傷。」

「請問哪裡可以買到『暗號』香水呢？」丈夫問。

「據我所知，這款香水，它……」美華打啞謎似的，抬頭環顧四周空氣，然後笑著說，「它無所不在。」

丈夫疑惑的望著美華，太太卻會意的點點頭說：「我懂。」然後拿著香水瓶，牽起丈夫的手，微笑離開。

第五話

半半老甕

隔壁攤的鍾老闆把這一切都看在眼裡，感到十分好奇，忍不住靠過來問：「咦？美華，平常也沒見你來幫你爸顧攤子，今天是怎麼了？下星期不就是國中的期中測驗了嗎？我兒子忙著在補習班加強複習，你怎麼還有時間跑來這裡？」

美華聳聳肩，沒回答。

「嘿，鍾老大。」盧彥勛幫著說：「是我讓她來的，我之前確診，喉嚨痛發燒，後來雖然康復，但是體力卻變差了，只好請她來幫忙一下。」

「那可不得了，我從來都不知道美華這麼會講故事。剛才說的故事我都聽到了，看你把那個太太感動的。哇，這不就是人家說的『故事行銷』嗎？真是了不起。」鍾老闆又說，「美華，你是不是在哪裡讀過這個故事？」

「嗯，沒有。」美華搖頭。「臨時瞎掰的。」

「不會吧，就像那種即席演講嗎？哈哈哈！我不信。」他把盧彥勛攤位上的舊貨巡視了一番，然後捧起一個明顯修補過的老甕問：「老盧，這個多少錢？」

「三百。」盧彥勛回答。

「這麼便宜！」鍾老闆驚呼，「一般老甕的行情，少說也要一千起跳。」

「你看它中間這環繞一圈的修補水泥痕，明顯就是取上下兩個破甕組合起來的。」盧彥勛感嘆的說，「這種怪甕一直沒人有興趣，擺了十幾年，從來沒人問過價錢，所以就算便宜點。」

「好，美華，如果你能辨出這個老甕的故事，我就用五倍的錢買下來。」

「嗯，你說的喔！」美華點頭。「我沒問題。」

「不過我要錄音。」鍾老闆說。

「隨便你錄，你要做什麼我都沒意見。」美華兩手一攤說完，好奇的問：「你為什麼要選這個老甕？說實在的，這個怪甕看起來滿醜的。」

「這個老甕讓我想起我外婆。」鍾老闆說，「我老家在桃園，母親是宜蘭人，外婆家以前在做金棗糕，都用甕來蜜漬金棗，我記得小時候去外婆家玩，就有好多這種甕。」

「你對外婆還有其他的印象嗎？」美華又問。

「我媽說可能是外公死得早，外婆一人扶養六個女兒，非常沒有安全感。」

「六個女兒？」美華問，「你沒有舅舅嗎？」

「沒有，外公外婆沒生出半個兒子，在他們那個重男輕女的年代，沒生兒子算是很倒楣的。從小我媽對我很凶，對我姊姊和妹妹都非常好，她自己說那是因為外公厭惡他們這些女兒，害她積壓了多年的委屈和怒氣，不得不拿我這個兒子出氣發洩，心裡才能平衡點。哈！換我倒楣。」

「這樣好了，我就為你量身打造個故事，當作你的鎮攤之寶，來行銷你的攤位。」美華笑著說。

「真的嗎？太好了。」鍾老闆萬分期待。

「你母親叫什麼名字？」美華問。

「吳罔市。你知道嗎？罔市是以前的菜市仔名，很多女生都被取了這個名字，意思是：可惜不是兒子，唉！就姑且養著吧！」

「金棗糕是一種蜜餞，蜜餞啊蜜餞，在甜蜜中餞別……」美華喃喃自語。

「什麼跟什麼啊？」鍾老闆還在狀況外。

「我已經開始講故事了喔！」美華提醒著。

「原來是這樣。等一下等一下，我還沒開始錄音……」鍾老闆急忙拿出手機，點開錄音功能鍵。

◇ ◇ ◇

王櫻桃出生在日治時期蘭陽礁溪的農村，父親是有錢的地主。櫻桃十七歲時說到一門好親事，是頭圍街的年輕保正吳勝平，他繼承了家中十幾甲地，底下有數十個佃農，每年收租滿倉，有錢又有勢。

婚禮舉行前，吳家把三間起的一條龍廳堂打掉，蓋了全新五間起的正身，在正廳地板打磨石子，購置高低神桌一組，太師椅八套，都是茄苳入石榴、兩種木材鑲嵌又立體雕花的高級家具。那桌椅上頭浮嵌的花草捲紋、寶瓶葫蘆，還有空城計、取荊州的三國城郭人馬，都雕刻得栩栩如生。屋內木牆精心彩繪，屋外牆上貼滿花磚，屋頂做西施脊、黏貼交趾燒。五房大厝正身前方，還添上垂直的兩條護龍長房，構成美輪美奐的三合院，就這麼風風光光的迎娶了櫻桃美嬌娘。

俊男美女的一對新人，互相意愛，甜美的日子持續了一段時間。直到櫻桃產下第一胎時，勝平臉上出現失落的表情，原本興奮要當爸爸而活潑聒噪的人突然靜下來，原因無二——這是生女弄瓦，而不是生男弄璋。

親朋好友前來祝賀時，安慰勝平最多的是這一句：「女兒好哇！第一胎生個大姊最好了，古話說『長姊如母』，大姊會幫忙照顧弟弟們啊。」

「看櫻桃的體格是能生的，下一胎一定是男生了。」婆婆笑著回應大家，也安慰自己。

這讓勝平漸漸接受事實，也歡喜起來，給女兒取名吳千金。勝平叫下人張羅各色物件，像是龍眼乾、紅蛋、繼光餅等，依照日程辦理新生兒的傳統禮俗：做膽、剃髮、滿月、四月禮、收涎……櫻桃沒有分別心，衷心疼愛這女嬰，不過因為婆婆和親友的態度，她開始承受了傳宗接代的壓力。

記得婆婆給她坐月子時，香噴噴的麻油雞，一連吃足三十天。然而每次端上桌時，都要叨叨唸著：

「女兒是別人的，幫婆家養的，你們倆快點生個男生來繼承家業。」

「我們家大業大，得快把媳婦身子養好，給我們添個孫子。」

「我們吳家的香火就靠你了，多生幾個男丁，家運才會興旺。」

婆婆都是大聲對勝平諄諄期許，但櫻桃聽在耳裡，全悶在心裡。

盼著盼著，一年多後櫻桃生下第二胎，也是女兒。那勝平和婆婆的臉色又是失落無奈。為了趕快生出兒子，勝平賦予這第二個小孩任務，取名叫「招弟」。但是招弟沒能招來弟弟，再過一年生了第三胎，還是女嬰，家裡的氣氛更低迷了，勝平忍著氣，將第三個女兒取名「來弟」。

有鄰居給婆婆嚼舌根：「一定是你家櫻桃敗德，才會連續生三個女兒，這樣下去不是辦法。你看我家小女兒屁股大，很有生男相，已經十七歲了，願意送來給勝平當小老婆。」

婆婆讓人把這些話說給勝平和櫻桃聽，櫻桃壓力大極了，躲在棉被裡哭，還趁著去找裁縫給女兒做衣服的空檔，偷偷去算命改運，又去廟裡拜註生娘娘求子。

還好勝平沒有納妾的心，一方面他沒把握能駕馭兩個老婆，也還想跟櫻桃拚一拚。另一方面，真正的私心是：如果娶了小老婆還是生不出兒子，那不就表示敗德的是自己？到那時，所有指責箭矢所瞄準的靶心全都轉向自己，那怎麼可以？我堂堂保正，喊水會結凍的人，怎麼能讓村民議論而損失了威信。

沒想到第四胎還是女兒，勝平有點看破了，不用「弟」來命名，而是隨那些下人對待女嬰的態度，取名叫「罔市」。那意思是：唉！就姑且養著吧！

勝平在強大的壓力下，開始在外面酗酒來麻痺自己，暫時忘卻煩惱。然而回到家見櫻桃不順眼，隨手就是打罵。櫻桃無處可逃，只得瑟縮在屋子一角，等丈夫發洩完昏沉睡去，再自責哭泣。

不久婆婆因病過世，喪禮時櫻桃哭得死去活來，獲得孝媳的美名，抵銷了一些敗德的負評，心中也稍稍卸下一點重擔。

然而，第五胎還是女的，取名「罔腰」，這名字跟「罔市」是一樣的意思。這一回櫻桃被丈夫冷冷對待，看見新生兒時勝平面無表情，視若無睹，更別說抱一下了。在那之後，勝平天天在外喝酒不夠，還常常買酒回家喝，喝得昏天暗地。到了第六胎又生女兒，取名「罔惜」，唉！姑且疼惜著吧！

哼！無比氣餒的勝平，看女兒們都用嫌棄的眼光。

朋友安慰勝平，有相學說一連生六女叫「女兒山」，將來個個嫁給達官貴人，父母跟著榮顯富貴。勝平認為人家是在挖苦、諷刺他，更加生氣自卑，對櫻桃越來越凶，酒也越喝越猛了。

勝平一度想將罔惜過繼給別人當養女，櫻桃抵死不願意，夫妻大鬧一場，櫻桃狠遭一頓揍，這才保住了小么女。

女兒們都非常怕父親，只要父親一進家門，立刻老鼠見到貓似的，個個竄到屋後躲藏起來。

「千金，來，去買酒。」勝平喚大女兒，千金總是認分的出門執行這任務。

奇怪的是，這回喝不到一半，勝平就開始嘔吐，還吐出鮮血，把家人都嚇壞了。而且不得了，這一吐竟然吐了半桶血，勝平全身癱軟，死氣昏沉。

櫻桃急忙叫幾個長工拆下門板，把勝平扶到上面躺著，一路扛到縣城的診所去檢查。醫生說必須開刀，叫櫻桃在同意書上蓋了手印。但是開刀後，醫生看一看，束手無策，又把肚皮縫合起來，對櫻桃說勝平的肝臟已經沒救了。長工們只好再把勝平扛回去，誰想到半路上人就過世，櫻桃哭倒在路邊，得要人攙扶才能走回家。

吳家開始治喪，消息一出，卻無端冒出一堆債主帶著欠條來找櫻桃要債，有餐館的酒飯錢，有雜貨店的賒帳，竟然還有賭場的本票和抵押田地的契約。櫻桃不識字，雖能看出丈夫的名字，卻無法分辨真假，心慌意亂下只能照單全收，一一給付。有些人食髓知味，三番兩次來訛詐，最後櫻桃只好賣掉田地來還債。

櫻桃身陷巨大的經濟壓力下，又需要照顧女兒們，終日惶惶不安。那時鄉里都私下譏笑，說她櫻桃大驚小怪，好騙好欺，十足的呆寡婦。

幾年下來散盡家產，只剩屋後那片山坡地，因為地力貧瘠，僅能種出幾十顆金棗，結的果子又酸又澀，沒人想要。為了生計，櫻桃聽人建議可以摘果子來做金棗糕，便向人討教作法，蜜煉後用陶甕盛裝，拿去菜市場販售。

那年臘月，家家戶戶趕著辦年貨，她的金棗糕很能當應景的零嘴，還打著止咳化痰的療效，受到客人歡迎，一天能賣掉三甕。從此做出口碑，還有人特地來向她批貨，一次就要十甕。她沒那麼多量，就向附近農家收購他們的金棗來製作，把生意做出規模。

幾次之後，那個批貨商賺了很多錢，又發現只有他一人在收購金棗糕，看那櫻桃一個寡婦柔弱可欺，孤立無援，便故意把收購價壓得很低，逼她屈服。

「不行啦！這樣我不只做白工，還賠錢。」櫻桃搖頭，整張臉都皺起來了。

「你不降價，我就不買。你存貨那麼多，除了我，你能賣給誰呀？」

「不行就是不行！賠錢的生意沒人做。」

「反正你不降價賣我，我就不買了。」

幾番爭論之後，批貨商還是不讓，櫻桃氣急敗壞，乾脆把心一橫：

「這個價錢，不賣就是不賣。」她猛然扛起沉重的甕，一個個用力摔到地上。

「哐啷！哐啷！」十個厚重的甕體應聲破裂，甜膩膩的金棗撒了滿地。她咆哮著：「告訴你，從現在開始，批發價漲兩成，不買就給我滾！」

那批貨商嚇得連聲道歉，趕緊買貨走人，從此不敢再輕看她。回去後還逢人便說：「你們別以為櫻桃好欺負，她根本就像油炸後放著的糕渣，看起來涼冷柔弱，但是裡面火熱剛強，你要是看輕它大口咬下，包準你從舌尖燙到肚子裡。」

從此櫻桃一反孤兒寡母的哀憐形象，贏得鄉里的敬重，生意也越來越好了。

當時物力維艱，能省則省，殘破的甕體洗淨後都留著，不久修理破銅爛鐵的工匠沿街叫修，她趕緊叫來補破甕。工匠挖東補西的補成了六個，其中一個最是特別，由兩個破甕一上一下用三合土黏接起來。

三女兒來弟說：「這是陰陽合體。」

二女兒招弟卻搖頭：「甕哪有分什麼陰陽？這是一上一下，合在一起就是一個『卡』字，我叫它『卡甕』。」

「不好聽，我說這是一天一地，天雷勾動地火。」四女兒罔市賣弄學問，笑著說。

五女兒罔腰抱著安靜乖巧的罔惜，也說：「我看像是圍了腰帶的大肚婆。」

「哈哈哈！」大家都笑起來。

櫻桃說：「沒有那麼多學問，就是一半上加一半下的半半甕。就像我們家都是女生沒有男人，像是半個家。」

大女兒千金點頭說：「我懂了，一半加一半加……」

「一半加一半加……」女兒們同聲把那「一半」又說了五次。

在金棗糕生意的滋養下，女兒們漸漸長大，也一一出嫁生下外孫，最遠的嫁到桃園去了。千金故意嫁給鄰村人家，為的是可以常回來探望，而家裡人力缺乏，櫻桃便聘請工人來幫忙。

櫻桃最期盼的就是女兒帶外孫們回娘家玩。她總是笑呵呵的一把抱起小孩，並打開櫥櫃，拿出金棗糕往他們嘴裡送。那脆脆的外皮，略帶點辛味，入口微澀，酸甜又回甘，也是外孫們印象中一再重溫的外婆的滋味。

通常在大年初二的傍晚，遠嫁各地的女兒們陸續回到娘家。為了幫他們驅寒，櫻桃沖泡金棗茶給他們取暖。茶中揉合陳皮、薄荷、丁香和金棗的特殊香氣，隨著暖暖的蒸氣和濃濃的汁液，竄入鼻竅，浸入口舌，流進胃裡，也撫慰他們因長途旅行而疲累的心。

吃了金棗糕，喝了熱熱的金棗茶，孩子們原本因寒風吹拂而頑皮跑出來的鼻涕和咳嗽，一會兒功夫便消失無蹤。櫻桃將準備了一天的年菜一一端上桌：鹽水鴨、鴨賞、皮蛋、糕渣等，平日在外地難得一見的道地宜蘭菜，看得孫子們眼花撩亂，也惹得女兒們垂涎三尺，直呼懷念。

晚飯後發完紅包，一時三合院內的通鋪堆滿各色棉被，大人小孩玩起紙牌，地板上是一雙雙皮鞋和拖鞋，走在其中要不踩到都難。櫻桃搬出陶甕，取出金棗糕裝盤，放在客廳、臥室、廚房，讓孩子孫子們隨時取用。

等外孫們玩累了，在昏黃的燈泡下，櫻桃會抱著他們，邊搖邊唱〈金棗歌〉：

「金棗落地爛，蜜棗溢齒香，
與君道別日，正是棗黃時。
撿得蜂巢棗，巢上棗完好，
試嚐若佛果，甘甜在心頭。

且看山伯傳，莫忘英台愁，
蜜棗嚐過後，願君不忘我。」

隔天，全家大小總動員，到後山金棗園採金棗。

那金棗果黃澄澄的結滿山坡，襯著深綠色的圓尖葉，美極了。小孩子當那是遊戲，比賽誰採得多。每個孩子都曾偷咬一口現採的金棗果，隨即反射的吐出來，因為它又酸又澀，還帶著刺激的辛味，和金棗糕的香甜完全不同。原來採收之後，還要分級、針刺、鹽漬、漂水、糖漬、蜜煉，金黃色的小果子才會由酸澀轉為甘甜。

櫻桃七十九歲那年在金棗園內跌了一跤，摔斷腿骨。送醫治療之後，雖然痊癒，卻驟失腿力，從此臥床，體力每況愈下。千金想到廟裡為櫻桃改運，櫻桃卻阻止：「我的日子就快到了，何必為難神佛呢？」

後來，她漸漸神智不清，無力應答。每次有人去看她，感傷落淚，她總是輕輕揮手，示意人家不要為她哭泣。她會指著櫥櫃，讓來人取出裡頭的金棗糕吃，想必是她希望親友們在甜蜜的滋味中與她餞別。

櫻桃過世後，千金順從母親的遺囑把金棗糕的產業出售，將所得與妹妹們平分，唯獨留下那個「半半老甕」。她每年還會自製一甕金棗糕與妹妹們分享，共同懷念母親轉酸澀為甘甜的一生。

鍾老闆呼吸急促，眼眶泛紅，整個人出神的站立不動，一會兒才哽咽的說：「怎麼跟我小時候的經歷一模一樣，害我想起我外婆。她要是還活著，今年該有一百一十歲了，呵！」

「鍾老大，你還好嗎？」盧彥勛叫他。

「啊！美華真的很厲害呀！」鍾老闆猛然眨眨眼，強作鎮定把手機收進腰包，又從腰包掏出錢包，數了一千五百元遞給盧彥勛。「太好了，這個半半老甕就做為我的鎮攤之寶，非賣品。」

「哎呀！」盧彥勛揮揮手，把錢推回去。「開什麼玩笑，自己人要什麼五倍錢？就照成本價讓給你，一百元就好了。」

「不行不行，說話算話。」鍾老闆堅持。

「不後悔的喔！你的錄音功能還沒關，都能當作呈堂證供喔！」美華大聲開玩笑。

「盧美華，沒禮貌。」盧彥勛瞪一下女兒。

「喔！又不是我。」美華委屈的說。

「啊？」鍾老闆有點傻眼，一時看不懂是什麼狀況。

他掏出手機按停止，儲存檔案，然後開心的捧起半半老甕走回自己的攤子，並為老甕拍照，連同故事音檔上傳到社群平臺。

很快的，上百人按讚，還有不少人分享出去。

「叮！」正在午睡的翁探長，突然被手機的通知響鈴吵醒了。「哈啊……」他伸了個懶腰，拿過手機一看，瞬間清醒過來。他追蹤的某個朋友剛分享一篇貼文——〈鍾老闆的小鋪子：有故事的半半老甕〉。翁探長點開音檔來聽，越聽越著迷，不禁讚嘆：「這小女孩真會說故事。咦？她該不會是……」

他急忙點開地圖，搜尋「鍾老闆的小鋪子」，發現地點就在太原跳蚤市場。「那就一定是盧彥勛的女兒，只是，他們不是姓盧嗎？店名怎麼會是鍾老闆呢？」

他帶著疑惑騎上機車，抵達市場後按圖索驥尋找那攤位，想不到現場有十來個客人同樣拿著手機慕名而來。他擠過人群問忙碌的老闆：「請問你是盧彥勛嗎？」

老闆搖頭，往左邊一比。「你找老盧喔，隔壁攤才是。」

翁探長順手勢看過去，只見一個女孩在顧攤，沒有大人在，便走過去問：「妹妹，請問你是盧美華還是盧美芬？」

「盧美芬是誰？我是盧美華啦！」

「你爸呢？」翁探長一邊問，一邊確認這女孩和那音檔是一樣的聲音。

「他中午接到手機來電，說是有個住在七期的客人要賣舊貨給我們，還說只用過一次，非常新，便宜賣，他一聽就高興的開車過去收。」美華說，「你找我爸什麼事嗎？要買東西的話不用我爸，跟我買就可以了。你有喜歡哪個舊貨嗎？」

「沒有，我是想問你爸，聽說光藏法師跟你爸很熟，現在光藏失蹤了，不知道你爸有沒有光藏的行蹤？」

「嗯，你找光藏法師要做什麼？」

「是這樣，我在調查縣議會議長離奇死亡的案件，可能光藏知道一些……」翁探長忽然覺得沒必要跟個小孩講這麼多，停下來改問：「對了！你認識光藏法師嗎？聽說他常來這裡。」

「我不認識。」美華說完，不再理會翁探長，逕自玩起手機。

翁探長只好自己在攤上亂看東西。

不久，盧彥勛捧了一個大土鍋進攤子，看見翁探長。「這位客人，請問你在找什麼舊貨嗎？」

翁探長轉身打招呼：「盧老闆，你好。」

「你好，你想要買東西，還是要賣東西呢？」盧彥勛問。

翁探長揮揮手，把剛才的問題重問了一次。

美華早已放下手機，斜眼望向她父親，輕輕的搖頭，盧彥勛見了馬上仰頭，提高音量說：「不會吧！光藏法師怎麼會失蹤呢？兩個多月前才來我攤位聊天，那時除了身體比較虛弱，沒什麼異樣啊！我完全沒有他的消息呀，他是怎麼失蹤的呢？」

翁探長把常喜報案的事說了一遍，然後遞上名片又說：「聽說你跟他很熟，如果你有他的消息，請務必通知我，麻煩你，謝謝。」

「好，好……」盧彥勛盯著名片看，然後送客，蹲下來收拾攤位。

翁探長走出跳蚤市場，心中強烈質疑：那個美華如果不認識光藏，一開口回答就會說不認識，怎麼會問人家要做什麼？還有盧老闆要回話居然要看女兒的臉色？怪了！以我多年辦案的經驗，這對父女必然隱瞞了什麼不可告人的事情。

於是他假裝離開，接著潛伏在四周，暗中觀察。

第六話

伊賀燒土鍋

大約一個小時後，翁探長回到鍾老闆的攤子，假意詢問貨架上瓷花瓶的價錢，然後東殺西砍的，花了八百九十元買下一個。俗話說：「買賣不成仁義在。」何況還成交了，就更有人情了，於是他把鍾老闆拉到一旁嘀嘀咕咕，低聲探詢隔壁攤子的虛實。

不一會兒就探問到美華平常沒來舊貨攤，是盧彥勛染疫康復後體力變差，需要人來幫忙，因此讓美華來幫著顧攤子。

「你認識光藏法師嗎？聽說他常來盧老闆這裡。」翁探長又問。

「我認識啊！有時我也會加入他們聊兩句。」鍾老闆說。

「他失蹤了。」

「啊！怎麼會？人呢？」

「不知道，有人委託我調查，」他又悄悄的遞出名片。「麻煩你幫個忙，告訴我，你最後一次看到光藏法師，是什麼時候？」

「我想想，喔……」鍾老闆收下名片。「應該是兩個月前了吧。」

「那天他有沒有什麼特別的地方？」

「我記得有件事有點怪。就是，他拿起盧彥勛攤子上的一條花布巾，兩人交頭接耳的，一般買賣不會有這樣的舉動。」

「後來呢？」

「後來不知道是不是光藏買走了吧，那條布巾我就沒再看過了。」

翁探長早已把嘉世德網站上那條慧紋花鳥大布巾截圖下來，他拿給鍾老闆看，問：「是這條嗎？」

「是啊，一模一樣，連缺角都一樣，你怎麼有這照片？」

「是我朋友曾經看上，但一直猶豫要不要買，唉！可惜已經不在攤位上了。」翁探長說了謊，刻意顯出遺憾不已的口氣。

這時一個男子的聲音響起。「鍾老闆，我們是看到你的貼文特地來的。你有沒有賣燉鍋？我老婆懷孕了，我想燉雞給她吃，一人吃兩人補。」

翁探長回頭一看，是一位年輕的丈夫扶著大肚皮的太太來到攤子上。

「燉鍋嗎？我這裡沒有，我只有……」鍾老闆轉身到一旁拿出一個陶瓷容器。「這個，燉盅？」

孕婦接過燉盅打量一下，立刻搖頭說：「這太小了，只放得進一隻雞腿吧！」

「那我們到別家逛逛，謝謝老闆。」丈夫說著，捧過燉盅還給鍾老闆。

兩人才轉身，卻見一個女孩擋住他們的去路，是美華。她說：「哥哥姐姐，我家有賣燉鍋，是日本第一名鍋——伊賀燒土鍋，原本的主人只用過一次，還非常新，容量可以燉一整隻雞。」

「喔，讓我們看看。」孕婦好奇的說。

美華領著他們回到自家攤位，盧彥勛正在招呼一位老太太，美華便自己去捧出土鍋來。丈夫接過去跟妻子一起打開蓋子，裡裡外外細細檢視一番。

「這夠大了。」孕婦笑著說，「多少錢？」

「這要是全新的，原價是兩千八，現在二手價只賣你一千八。」

「這麼貴。」孕婦有點猶豫。

「沒關係啦，我們省吃儉用就是要給孩子最好的，你沒聽小妹妹說這是日本第一名的土鍋。」丈夫說。

「啊！」孕婦忽然感動的捧著自己的大肚皮，甜蜜的微笑說：「等寶寶生下來，我要給他吃最好的奶粉，穿最好的衣服，上最好的學校，學習各種才藝，再送他出國深造。」

「對，給他最好的教育，就算是借錢來給他出國讀書都值得，將來他功成名就後一定會是個孝順的好孩子，等我們老了就不怕沒人照顧了。」丈夫也忘情的說。

夫妻倆繼續一言一語的討論著以後要怎麼疼愛孩子，翁探長卻看見一旁那個老太太癟起嘴搖搖頭，露出不以為然的表情。

美華也看到老太太的反應了，她插話說：「買這個土鍋還送一個故事喔！」

「咦？不對，有故事的攤子不是隔壁的鍾老闆那裡嗎？」孕婦拿起手機滑開臉書，然後驚訝的手指美華。「啊！你，你的聲音，你才是說『半半老甕』故事的人。這是怎麼回事？」

美華把之前的事簡要說了一遍。

「原來真正會講故事的人在這裡！」丈夫也驚訝的說。

「對了，為什麼這土鍋的前一個主人只用過一次就沒再用了呢？」孕婦疑惑的問。

「這就是故事的重點，」美華強調，「請聽我說一個，燉鍋前主人用它來給孩子燉『轉骨方』的故事……」

◇ ◇ ◇

這座獨棟花園洋房位在臺中七期重劃區，氣密窗內可見光潔的石英磚、井然有序的書櫃和新換上的維尼熊床套組，叫人賞心悅目。然而，電玩發出的砍殺聲卻破壞了和諧的氣氛。

淑慧收拾完小兒子晨洋的房間，拖好地，轉回廚房伸手試水槽裡的水溫。裡頭等著放涼的不鏽鋼鍋已經冷卻，她點頭微笑。

突然一陣疼痛，淑慧咬牙彎腰搗著肚子。像這樣沒來由的抽痛，最近常無預警出現，往往讓她忍不住暗叫一聲。

幸好才一下子，抽痛就消退了。她捧起鍋子，走到晨洋的房間，鄭重的說：「先不要玩。」

「幹麼啦？」晨洋緊盯著螢幕，指頭不停按鍵廝殺。

「這一帖轉骨方是我好不容易才買到的，特別用烏骨雞燉給你吃，很補的。快，來吃。」淑慧抹去額頭的汗珠。「可以幫你『轉大人』喔！」

「轉大人」三個字音調爬高，聽在晨洋耳裡像在邀功。

「噁！聞起來真想吐。」

「吃啦！乖。聽說很有效，這是你大舅醫院裡中醫主任的祖傳祕方。」淑慧從圍裙口袋掏出一張紙。「這裡面有冬蟲夏草、黨參、茯苓、當歸……很補的。」

「不要說了，我不想吃。」晨洋不耐煩。

「不行啦！主任說這些都是補腎、健脾、養血的藥，專門給青春期的人吃。乖啦！你試看看嘛……」

「哎呀！」晨洋一分心，被遊戲中的怪獸打敗了，他生氣大叫：「喔！死掉了！都是你害的啦！」

「沒關係啦！正好休息。」淑慧笑說：「聽說好多人吃了都長到一百八喔！」

「一百八？」晨洋終於轉過頭。「長高的藥嗎？」

晨洋當然想長高，都國小畢業了，身高才一百四十八公分；同學中最高的洪文祺已經一六八公分。他人高馬大，打籃球很吃香，很多女生暗戀他，在男生群裡講話也極有分量，晨洋常常望著他的背影興嘆。

「好啦！你先放在廚房。」

淑慧放心離開去洗衣服，晨洋繼續玩。

不久，他玩累了，到廚房準備享用「長高藥」。

他赫然發現不鏽鋼鍋裡是空的，倒是水槽裡有一堆黝黑的雞骨頭。

「媽——」他哀怨而憤怒的大叫。

淑慧從浴室衝出來。「怎麼了？」

「你自己看。」

淑慧看過去，驚呼：「哎喲！一定是韋任。」

她跑進大兒子的房間興師問罪：「是你吃的？」

「沒錯！我剛才回來，明明聽到晨洋說他不想吃的，不是嗎？」韋任理直氣壯。「我忙了一整天，很餓！」

「那是晨洋的轉骨方，你吃那個幹什麼？你都二十五歲了，吃了也沒用，浪費。」淑慧也生氣了。

「難怪不像一般的雞湯……喂！你還敢講，我小的時候你也沒買給我吃，害我長這麼矮。不過就是一鍋雞湯，有什麼了不起？」

晨洋在外頭聽得怒火攻心。

淑慧走出來，帶著歉意說：「算了！我再買，晨洋……」

「都是你啦！不顧好我的東西，為什麼讓人偷吃掉？都是你害的啦！討厭！」

「那是因為我在洗衣服，怎麼……」

淑慧委屈著要解釋，晨洋卻衝回房間，「砰！」的甩上門。

隔天，淑慧的眼皮腫腫的，那表示她夜裡哭過。

淑慧哭，不是第一次了。

有一回早餐，韋任說：「我每天騎機車上班，來回一個半小時，實在浪費時間。媽，幫我買汽車啦！走快速道路，可以省一個小時。」

淑慧說：「我哪有錢，去跟你爸商量。」

韋任臭著臉沉默了。

淑慧笑笑，哄他說：「你就乾脆在公司附近租個房子好了。」

「那誰幫我出房租？」韋任把刀叉往桌上一拍，摔門而出。

還有一次，韋任翻看房地產廣告，對淑慧說：「房價又要漲了，你不趕快買，以後我跟小薇會變成無殼蝸牛。小薇說如果我沒有房子，就不跟我結婚。」

淑慧幫沙發抹著保養油，默不作聲。

韋任又說：「爸一個月薪水二十幾萬，又不是買不起。」

淑慧淡淡的看他一眼。

韋任跳起來，大吼：「別人的爸媽都會買房子給他們，偏偏我這麼倒楣，小氣鬼！」然後又是甩門而出。

這兩次淑慧都氣到哭，晨洋也看在眼裡。當然，大兒子忤逆她不只這兩次。

如果爸爸在家，晨洋相信哥哥不至於這麼囂張，只可惜他們的爸爸在臺北擔任知名公司的總經理，工作繁忙，一週才回臺中一次。淑慧如果跟丈夫講，丈夫總是回她：「人是你寵壞的，你有什麼資格訴苦？」

這一回，倒是晨洋第一次對淑慧甩門。

幾天後的晚餐，晨洋發現餐桌上沒有媽媽烹調的五菜一湯，而是買來的鍋貼。

「喔！我沒有很喜歡吃鍋貼。」晨洋嘟著嘴。

「早知道，我就約小薇去吃牛排。」韋任也說。

淑慧滿臉抱歉。「唉！我不是故意不煮飯，我去看醫生，沒時間。」

晨洋說：「怎麼了？」

淑慧嘆氣：「最近肚子常常會抽痛，今天去照超音波，醫生說我的子宮有兩顆肌瘤，一顆五公分大，一顆一點五公分，就是這兩個在作怪。」

「那怎麼辦？需要開刀嗎？」晨洋擔心。

「先觀察，如果不會很痛，沒有大量出血就還好。醫生說那是賀爾蒙失常造成的，到了更年期，通常會消失……不過，他也說，如果繼續長大，也可能轉成惡性腫瘤。」

「癌症嗎？」晨洋張大眼睛。

韋任頭一仰。「放心啦！你會長命百歲的。」

淑慧說：「你們如果常讓我生氣，我恐怕活不到孫子出生喔！」

韋任裝模作樣的笑。「那怎麼可以！以後誰來幫我們帶小孩？餵奶、換尿布，我都不會喔！還有，誰幫我們洗衣服、煮飯、拖地？」

原以為淑慧會被逗笑，沒想到她卻深深嘆口氣，憂愁的回房間去。

又過幾天，淑慧召集韋任和晨洋。「我跟你爸和大舅商量，決定開刀把子宮拿掉，一勞永逸，所以要去住院兩個星期。」

「啊？」兩兄弟都驚訝。

晨洋問：「子宮切掉，不會影響健康嗎？」

淑慧說：「子宮是用來養育小寶寶的，大舅說我不再生孩子，所以切掉雖然有後遺症，但也是不得已的。」

韋任低頭沉思，然後說：「我要上班不能照顧你，晨洋放暑假，讓他去。」

晨洋接到重責大任，顯得慌張。

淑慧摸摸小兒子的頭，說：「你們都不用來，我到臺北開刀，你爸會請假來照顧我。大舅是醫院院長，醫生和護理師會給我最好的醫療，你們不用擔心。倒是這段時間你們要照顧自己，別讓我操心。」

這對晨洋來說，簡直是晴天霹靂，因為兩個星期的時間，家裡只剩他和哥哥。韋任是大少爺，晨洋豈不成了他的小奴才。

果然沒錯，淑慧出門那天，韋任就叫晨洋去買便當。淑慧給了晨洋八千元，沒給韋任，因為韋任有賺錢。可是韋任吃了便當卻不掏錢給晨洋，晨洋恨得牙癢癢的，不再幫他買東西了。

更叫晨洋生氣的是，韋任竟然要晨洋幫他洗衣服。

「我管你！」晨洋才不理他。

晨洋估計，自己衣櫥裡的衣服夠用，換下來的髒衣就直接丟進洗衣籃，兩個星期後，媽媽回來，問題就解決了。

媽媽不在的日子，簡直天地變色。

浴室裡臭衣服越積越多，客廳的灰塵被拖鞋踩出印痕，垃圾桶堆積如山，大蒼蠅在上頭飛舞。晨洋知道哥哥也在撐，看誰先受不了，就會認輸去清理。不過，晨洋猜哥哥也和他一樣，有個狡猾的打算，那就是忍耐幾天，反正媽媽不久就會回來。

事實證明，兩兄弟一條船上一條心，一週後，發酸的垃圾桶裡生出肥嫩的白蛆，一隻一隻扭來扭去。

終於，捱到媽媽回來了。

那天晚上十點多，淑慧進門時，晨洋沒聽見預期的、來自媽媽吃驚的慘叫，取而代之的是爸爸瘋狂的咆哮。

「林韋任！林晨洋！給我滾出來——」

晨洋趕緊跑出房間，韋任慢了幾秒，不過一樣慌張。

爸爸劈里啪啦罵了一堆，兩人都低頭不敢吭聲。

爸爸氣急敗壞的說：「你媽剛動完手術，醫生吩咐要躺著休息，不可以做家事，不然會大出血。今天開始，家事由你們分工，誰偷懶，我就修理誰。」

爸爸一向是他們的剋星，生就一副惡人臉，凶起來更是翻江倒海，令人毛骨悚然。

淑慧笑笑，只說了句：「唉！好累喔！」就回房了。

接下來幾天的時間，爸爸都緊盯著他們。淑慧多次想插手幫忙，他就狠狠的叫：「給我回房去！」

在爸爸的魔鬼訓練下，晨洋很快學會煮飯、煎蛋、炒菜、洗衣。至於韋任，因為要上班，爸爸只要求他掃地和拖地。

爸爸回臺北前一再警告淑慧：「你敢幫他們的話，別怪我發飆！」

爸爸一走，兄弟倆都發牢騷，淑慧無奈的說：「唉！病得那麼重，是需要下猛藥。」

爸爸不在，淑慧當然不會再袖手旁觀。有些菜她堅持親自動手，她說：「我不想虐待我的舌頭。」

晨洋說：「如果你不舒服，就不要勉強。」淑慧眼裡充滿欣慰。

不久後，韋任就宣布他在公司附近找到租屋，要搬出去，然後三天之內，房間搬得清潔溜溜。淑慧沒有留他，而晨洋則是暗自竊喜。

一天下午，晨洋心血來潮跟淑慧說：「媽，上次『長高藥』被哥哥偷吃掉，我其實很想長高，你教我煮，好嗎？」

「那叫『轉骨方』啦！」淑慧說：「你自己想吃，那最好了。」

於是她告訴晨洋中藥鋪的地址，還給他錢叫他去買土雞。晨洋騎上腳踏車，頂著大太陽，在市區繞了一個多小時才買齊。

淑慧叫晨洋到她屋裡打開一個大紙箱，取出一個大土鍋說：「這是日本第一名的伊賀燒土鍋，我聽說用這個燉中藥雞湯來吃，補益的效果比不鏽鋼鍋更強，所以買了一個。」便又教晨洋燉煮的方法。

趁著小火慢燉的時間，淑慧去午睡，而晨洋則趕緊上線玩遊戲。

這一次，他和同班的張品浩和蔡耀勛進入《聖之密境》，一同對付邪牙紅狼和偷心魔怪。

打著打著，眼看三打二就要勝利，突然電腦當機，晨洋趕緊重新開機。然而電源啟動之後，連開機程式都跑不完就停住了。

這可怎麼辦？這難得即將獲得勝利的感受，超級誘惑人的啊！

晨洋躡手躡腳走進媽媽的房間，拿走她的筆電。

開機後，桌面圖片是爸媽跟一個日本藝伎的合照。晨洋也沒留意，趕緊接上網路線，輸入帳密重回戰局。

只可惜，蔡耀勛不在了，張品浩怪他突然失蹤，害他們被打死了。晨洋想解釋，張品浩卻一溜煙離線，害他啞巴吃黃連。

晨洋拍桌子，發洩怨氣，也登出了。

回到筆電桌面，晨洋再次看到那張合照。

「他們什麼時候去日本的？怎麼沒聽媽說過？還是說，這藝伎只是裝扮出來的？」

他好奇的打開「我的圖片」檔案夾，跳出一大堆照片，有爸媽的合照，也有個人獨照；背景有原木搭建的日本寺廟，有榻榻米的和室，有日文招牌的整齊街道，還有迪士尼樂園。

真的是日本！

他忍不住跑回媽媽的房間，找到數位相機。打開相機一看，果然兩邊照片一模一樣，那表示有人把相片存進筆電，而上頭的日期，竟然都是媽媽住院那幾天。

這到底怎麼回事？難道……

「媽——」晨洋大吼。

淑慧悠悠醒來，看見晨洋手上的筆電，笑說：「你發現嘍！」

「你竟然騙我說你生病了，沒想到是跟爸跑去日本玩，可惡！」

淑慧低著頭，尷尬的說：「我子宮是長了肌瘤沒錯啊！只不過我們先到日本玩去了。這全是你爸的主意，也真多虧他，他知道我心太軟。」

「玩弄別人的同情心，很好玩嗎？」晨洋握著拳頭。

「好吧！我老實跟你講。」淑慧吸口氣。「我們去日本玩了一個星期，回來之後再把肌瘤處理掉。不過，是用腹腔鏡摘除，傷口很小，住院只要三天。」

「那你可以講啊！為什麼要騙人？」晨洋感覺胸口脹脹的，眼眶溼溼的。「你明明可以早點回來。」

「哎喲！不要那麼激動嘛，雞湯應該燉好了，你先吃，邊吃我邊說給你聽。」

淑慧帶晨洋到廚房察看爐上的伊賀燒土鍋，中藥味猛鑽鼻竅。

「別生氣，我們這麼做全是為了你和韋任好。」淑慧輕碰鍋邊試試溫度，再捧起土鍋。「這都要怪我，你爸常常不在家，我把重心放在你們兩個身上，卻是幫你們做太多，到頭來把你們寵壞了。」

晨洋坐在餐桌旁，默默的聽，心裡還氣著。

「我錯了，尤其你哥哥，從小他吩咐什麼，我都幫他做好，結果卻害他嬌貴、懶散、任性。我以為他會記得我的付出，等我老了，他會孝順我，可是我還沒老，他就一再傷我的心。」

晨洋擺好隔熱墊，接過土鍋放上去，還是忍不住瞪了一下媽媽。

「原本我和你爸只想生一個孩子，生下你哥哥以後，就開始避孕。我想，這是我唯一的孩子，當然什麼都要給他最好的，所以就很疼他。」淑慧遞過一雙筷子。「十三年後意外又懷了你。我又用疼韋任的方式來疼你，也害你跟韋任越來越像。」

晨洋接過筷子，愣愣的聽著。

「你還記得那一天，你用力的甩門嗎？」

晨洋瞄她一眼，點點頭。

「那時我發現大事不妙。你爸知道後把我臭罵一頓，要我把韋任趕出去租房子，可是這樣他會恨我，如果他能自己搬走會比較好。正好我檢查出子宮肌瘤，而你爸又有二十天的年假還沒放，於是想出這方法。」

淑慧坐下，苦笑說：「本來我很有罪惡感，也擔心你們，想打電話回來，可是你爸阻止我，我就不敢了。我開著手機，怕你遇到問題要求救，後來發現，呵！這十幾天，連一通簡單的、問候『生病的媽』的電話都沒有。」

晨洋喝一口藥湯，卻有股氣岔在喉頭。

他腦中閃動著之前在街道奔波的畫面：豔陽烘烤大地，高牆、水塔、玻璃……刺刃般的光芒恣意反射，他疼痛的瞇起雙眼，視野慘白一片。

「你爸說下次回來，要把韋任的房間改成書房，把床拿去丟掉。」淑慧看看他，又笑說：「不要光喝湯啊！肉也要吃。」

淑慧把雞肉撥開，夾給晨洋。

他呆呆的吃了，忽然覺得自己像個被餵食的小嬰兒。

「那個伊賀燒土鍋，當初一到日本只想著要給你燉轉骨方，買得太衝動了，你爸把它放在行李箱裡很占空間，搬運回臺灣也很費力氣。其實在離開醫院時，我就很後悔買了它，因為我不想再燉任何東西給你進補了。

今天要不是你說想自己燉來吃，我打算直接賣到二手店去……」

「哇——」望著媽媽慈愛的眼神，晨洋忍不住慚愧的放聲大哭。

✤ ✤ ✤

「哭得好啊！這位媽媽做得太好了！」一旁的老太太激動大叫，其他人都嚇了一跳。

「老太太，你怎麼了？」孕婦心有餘悸的問她。

「唉——」老太太長長的嘆了一口氣。「小孩真的不能溺愛，人家說『慈母多敗兒』，一點都沒錯。我真後悔當年沒有像這位太太那樣，狠心的對待孩子，才養出了一個不孝子。」

「怎麼會呢？」盧彥勛狐疑的說，「老太太，我們認識也不是一兩天了，以前你不是常常驕傲的跟人說，你兒子非常優秀，出國深造，都是你們夫妻努力栽培的成果嗎？」

「那是我呆，我傻，當年他讀高中時，為了給他安插好班級，我買了整箱的燕窩、香菇和干貝送給校長。他讀大學時蹺課被當，我還跑去找任課教授送禮求情，請他高抬貴手。結果這兩項都被拒絕，真是丟盡了臉。我和我老公省吃儉用，花了畢生積蓄，還向人借了七百萬，千辛萬苦培養兒子到美國攻讀博士，結果他畢業後不回國，留在美國賺錢娶妻生子。本來我們夫妻對這個兒子引以為傲，還四處炫耀，但後來我們去美國玩，不會講英文變成聾子啞巴似的，沒法跟媳婦和孫子們溝通，只能趕緊溜之大吉。」

「那是一定的啊！」美華說。

「你們不知道，更慘的是，回國後我們有什麼問題，兒子都沒辦法幫忙處理，跟他說我們生活拮据，他竟然說他在美國的貸款很重，自己也壓力山大，沒錢給我們。什麼嘛？古人說『養兒防老』，根本就是騙人的。」

「那是你們為他做得太多了，付出所有，沒給自己留點底，孤注一擲，就像豪賭一場。所以說，這位未來的媽媽，老太太是你的前車之鑑，剛才的故事也是個警惕，教育孩子的重點不是功名利祿，而是讓他自己承擔與發展、從中學習感恩跟回饋。」這一番大道理行雲流水般的從美華口中闡述出來，眾人都聽得一愣一愣的，翁探長也驚訝不已，只有盧彥勛神色自若的點點頭。

「哇！你太強了，我要在臉書上更正，你們這裡才是有故事的舊貨攤。」孕婦驚喜的說，「剛才那個土鍋的故事太有意義了，我會記在心中，將來用來教養孩子。」

他們付完錢拿了土鍋離開，美華卻突然上前抓著老太太，懇切的說：

「老太太，你剛剛說得好精采，我好喜愛你說故事的才華，你願不願意加入『為舊貨編撰貼心的故事來度化眾生』的法門，簡稱『瞎掰舊貨宗』。」

「什麼跟什麼啊？我怎麼都聽不懂？」老太太一臉茫然與困惑。「我哪裡會講什麼故事，我只是把我的一生和失望的心情發洩一下而已。」說完，急忙掙開美華的手，快快離去。

翁探長把這一切都看在眼裡，感到不可思議。一個國中生這麼會掰故事已經不正常了，還會對大人講道理，甚至招募人們加入「瞎掰舊貨宗」，這些言行舉止，簡直就是光藏的分身啊！

那麼，她是怎麼辦到的呢？

第七話

黃金半月梳

不久，有一個衣服不潔、邊幅未修，遊民模樣的男人走進盧彥勛的攤子。他從口袋拿出一個小東西說：「請問這枚鑽石戒指，能否請您當成二手貨收購呢？」

盧彥勛聽他談吐不凡，猜想可能只是一時落難手頭吃緊，便反問：「你怎麼不拿去當鋪呢？等將來有錢了，還能贖回呀！」

「我沒有贖回的打算。」男人說。

「但是我們沒有鑑定真假鑽石的能力，也不知怎麼開價給你。」盧彥勛誠心的說。「你有沒有證明書呢？」

「我沒有證明書，我只要一千塊錢就好，就算是假鑽戒，你也不吃大虧。」

「喔！這樣好嗎？萬一是天然鑽？」盧彥勛感到興趣，拿過來端詳並點頭準備掏錢，邊說：「好……」

「不！不要買。」美華突然堅定的阻止，從爸爸手中拿走鑽戒還給男人，並對盧彥勛說：「請直接給他一千元。」

盧彥勛沒有猶豫，直接掏了錢給男人，男人反而不敢接受，還說：「我不是乞丐，你弄錯了。」

「你放心，沒把你當乞丐。這錢也不是白給的，只要你聽我說個故事，然後講講你的心得感想，這一千元就是酬勞。」美華認真的看著對方。

「幫助你想心得報告嗎？小妹妹，你是不是要寫學校的作業？」男人笑著問。

「當然不是。」美華四下搜尋一番，從貨架上拿起一個巴掌大小、黃澄澄的半月型梳子，望著盧彥勛說：「請介紹一下這把梳子的來歷。」

盧彥勛看出她眼神中的期待，便說：「這是黃金半月梳，用黃金和銀的合金製成。這種梳齒排列緊密的半月梳，源自於竹製的篦子，可以梳開髮結，剔除頭皮屑，刮除頭蝨和蝨卵，在衛生環境不佳的古時候，能用來維護頭皮健康。這把梳子材質特殊，黃金含量很高，上面指握幅度約五公分寬，刻有飛鳥和雲頭紋飾，價值不斐，在以前是富貴人家才用得起的……」

「嗯，好。」美華清清喉嚨說：「這把梳子是個定情物，跟棠泊甫有關。」

「是唐伯虎點秋香的故事嗎？」男人問。

「你好聰明，可惜這個棠泊甫不點秋湘。」美華笑著，拿起架子上的一枝筆，在便條紙上寫了幾個字。「這個棠泊甫不是唐伯虎，這個秋湘也不是那個秋香。而且秋湘不是丫鬟喔，她是位千金大小姐。」

「原來是棠泊甫送給秋湘的定情物。」男人又說。

「不不不！它是第三者所擁有的。」美華說。

「第三者？」遊民和盧彥勛都驚疑得目瞪口呆。「這說的是什麼跟什麼啊？」

◇◇◇

華老爺是南京一帶的大地主，擁有良田千頃，佃農萬戶，每年收的田租都能在城裡最繁華的街道購置三戶街屋，再用來收房租，以錢滾錢日進斗金。

秋湘是華老爺的獨生女，含著金湯匙出生，自小聰明可愛，受到百般寵愛。華老爺全方位的教育她，不只讓她學習刺繡女紅，還給她讀書識字。秋湘從琴棋書畫到插花泡茶，樣樣精通。

自古以來，貧求富，富求貴，貴求壽。對於這唯一的掌上明珠，華老爺只想跟高官聯姻，最好能攀龍附鳳，躋身權貴之列。那些富家子弟、名流高士來求親者多如過江之鯽，全都遭華老爺拒絕，因而把年輕貌美的秋湘留到十九歲，都還尚未婚配。

那年初，華家新進一批丫鬟、婆子和奴僕。這不與秋湘相干，因她身旁伺候起居的丫鬟已經很多了，老爺和夫人沒有添派人手給她，她只感覺繡樓外來回走動的身影和腳步聲多了些罷了。

有一天，秋湘在繡樓裡對照著伴有詩句的花樣簿子，用淡墨在絹布上描繪好輪廓後，開始要選線來刺繡。那畫面是喜鵲穿梭在眾多柳條間，柳條迎風輕搖，布局用色應以石綠為主，但是單用一色很是呆板。

「這石綠該搭配哪種綠才好呢？翠綠？碧玉？還是深松加孔雀綠？」她低頭翻看各色線軸，陷入選擇障礙，躊躇之間不禁看著簿子上的那句詩文吟誦起來：「花氣襲人知驟暖，鵲聲穿樹喜新晴。」

「這是南宋大詩人陸游的詩句吧？」忽然從窗外傳來男子的聲音。

「呀！是誰？」她推開冰裂紋花窗，看見一個十七、八歲的僕役在花叢外望著她。她沒讀過這首詩，於是反問：「你讀過這首詩嗎？」

那僕役點個頭，雙手背在腰後，自得其樂的吟唱起來：

「紅橋梅市曉山橫，白塔樊江春水生，

花氣襲人知驟暖，鵲聲穿樹喜新晴。

坊場酒賤貧猶醉，原野泥深老亦耕，

最喜先期官賦足，經年無吏叩柴荊。」

僕役解釋：「這是描寫那初春時，天氣突然放暖，鳥語花香，景色無限美好，詩人因為已經繳上了之前的稅賦，今年便不再煩惱官吏上門催討了。那是風調雨順，國強民富的太平盛世啊！」

「說得好，繼續說。」秋湘好樂。

「柳葉最美是碧玉摻孔雀綠，但既然是雨後新晴，光線明亮，不如在邊緣上加點鵝黃和嫩綠，才更顯精神。」

「喔，這你也懂？」秋湘又好奇，「你是誰？怎麼以前沒見過你？」

「我是新來的僕役，老爺賜名華安，小姐如果有什麼吩咐，儘管交代我去辦。」

「你會背誦詩文，那麼，能讀書寫字嗎？」

「小的讀過一些書，因而被老爺選為書僮，在書房裡伺候。」

「喔！」秋湘不想讓人看見男女獨處，免得遭受非議，便趕緊說：「沒事了，你快走吧！」

華安走後，她關了窗，到書架上找詩集，果然查到這是陸游的詩，題為〈村居書喜〉。她欽佩微笑，轉而在繡線盒裡挑出碧玉綠、孔雀綠、嫩綠和鵝黃，開始下針。誰知每下一針一線，那華安溫文儒雅，敦厚可愛的模樣就刺上心頭。

「哎喲！怎麼會這樣啦？」她一時心亂臉紅，羞得摀著熱臉，停下手中的針線。

接下來的日子，她常藉故來回書房，要不是取書回自己屋裡讀，要不就說缺筆少墨的來借點回去，為的就是趁機和華安攀談兩句。

她那愛慕的眼神與殷勤的言語，讓華安不自覺愛上了她，但礙於身分，兩人總是欲迎還拒，又欲拒還迎，日久積釀成苦苦的戀情。

婆子們最是眼尖，早就看不下去。有人勸秋湘，有人警告華安，膽子最大的去告了老爺。老爺狂怒，查明之後，禁止秋湘出房門，還把華安暴打一頓，逐出家門。

從此以後，秋湘天天以淚洗臉，心情陰鬱，如同那天窗外大雨霏霏，濡溼連連。

誰知這雨下了一個多月，附近的巢湖湖水高漲，揚子江決堤，滾滾洪流淹上岸，將她家房屋田產盡數沖走，就連父母家人和上百個下人，也都被沖入波濤之中。

秋湘因抱著一個木箱漂浮，不致沒頂而倖免於難，卻也驚慌過度而昏迷。等她清醒時水已退去，人癱倒在荒郊野地。

她勉強起身，抱著箱子——身邊唯一的家當，朝有人煙的地方踽踽而行。不知不覺人來到姑蘇城街頭，她變賣箱中的幾件繡品換得食物裹腹，換完之後只得淪為乞丐，在寒山寺前牆角下乞討維生。

單身女性流落街頭難免引起壞人覬覦，秋湘只得武裝自己，學會粗言鄙語嚇退來人，並在頭臉及衣服各處抹上豬糞，讓人不敢輕易接近。但乞討的人可真不少，彼此還會互相搶食，她兩三天只能勉強吃到半顆饅頭，半生不死的挨著。

元宵過後，姑蘇城高侯爺家十四歲的金枝小姐，在奶媽和丫鬟的陪伴下登上彩轎，一行人浩浩蕩蕩到寒山寺上香。金枝在大雄寶殿虔心向三世佛祈禱，期盼王媒婆為她說個如意郎君，夫妻恩愛，終身幸福。

後來她抽了一支籤，籤文寫著：「有心作福莫遲疑，月老牽紅正當時，富貴同享千金體，姻緣自然喜相隨。」

「哎呀！你問姻緣，這可是上上籤哪！」住持解籤高興的說：「你的好姻緣就快來了，只要多布施就會實現。」

金枝心花怒放，卻也半信將疑。

告別住持之後她出了寺院，不料低頭就看見一個蓬頭垢面的女人蜷縮在牆角，想起剛才住持的話，便將隨身荷包拿給丫鬟施捨出去，滿心期待的回去了。

秋湘無緣無故的拿到一個沉甸甸的荷包，打開來看見裡面有一些碎銀子，還有一把雕飾華美的黃金半月梳。

「天哪！」

她是千金小姐出身，知道這東西價值不斐，幾乎可以買間大屋子了，她趕緊藏進懷裡，免得讓人看見了要來搶。

「不行，這太貴重了，應該退還給人家，可是……如果……但是……」

可是，那恩人不知是誰，也不知去向。如果，拿到當鋪換得錢財，即刻便能脫離乞討的苦命，買個小屋安身，靠做針線活營生。但是，這個黃金半月梳真的是太貴重了，萬萬是不該收下啊……

看那小姐盛裝打扮，出入有花轎可坐，有丫鬟、婆子簇擁，必然是大戶人家的千金。於是她沿著大街小巷，到處去尋找大宅大院，哪知這姑蘇城裡到處都是灰瓦白牆的園林，庭院深深的，教人毫無頭緒。

「請問你家小姐，今天是否有去寒山寺進香？」

「去去去！臭乞丐。」

守門的人沒一個正眼瞧她，還有人把她踹開。「滾！別髒了我家的地。」

天色不早，她也累了，只得把梳子藏得更緊，蹲坐在一堵白牆腳下等待過夜，期盼有天能再見到恩人，好還給人家。

金枝小姐回到府第後有些累了，便半躺在床上稍事休息，心想，照著籤詩的指示送出了禮物，佛祖看見後必然會加快行動，那個如意郎君不知長得什麼俊俏模樣呢？想著想著，精神便振奮起來。

晚餐時，金枝興奮的對母親訴說籤詩的內容，並得意的說起施捨荷包給女乞丐的事。

「荷包？」侯爺夫人驚訝的問：「哪一個荷包？」

「就是我床頭上，繡著鴛鴦荷葉的那個。」

「你把裡面的東西都給那乞丐了嗎？」母親的雙眼瞪得好大。

「當然。」看母親的表情越來越扭曲，金枝不安的說：「怎麼了嗎？」

「我的佛祖啊！你可知道那裡面裝了什麼？」

「不就是些碎銀子嗎？鼓鼓的，拿起來還滿沉的。」

「哎喲！我的千金大小姐，你都沒打開來看一下嗎？」

金枝疑惑的搖頭。

「昨晚，我知道你要去求姻緣，就拿出你外婆傳給我的『黃金半月梳』要送你，那是只傳女兒不傳子的傳家寶，據說有靈力能為女孩兒帶來好姻緣。但我到你屋裡時，看到你已經睡了，就把梳子放進荷包擺回床頭。」母親慌張的說。「今天早上起床，我似乎染了風寒，就多躺了半個時辰，忘了跟你說。」

「天哪！」金枝驚呼，急忙要出門去找。

「那麼晚了，讓下人們去找就好。」母親說。

「不行！我得親自去，我不想待在家裡乾著急。」

夫人拗不過她，便指派兩個男僕打了燈籠陪著一起去找。

他們先去了寒山寺，不見人影，又到街巷尋找，東南西北奔波，好不容易終於在西北角的園子前發現那個女乞丐。

秋湘一看見是恩人到來，急忙掏出黃金半月梳，說：「這太貴重了，我不能收，請小姐拿回去。」

金枝拍拍胸脯，慶幸的說：「還好，你沒把它給賣了。」

她感念秋湘不貪可信，又憐她孤苦無依，便帶回府裡當丫鬟。

沒想到一番梳洗過後，麻雀變鳳凰，眼前這位水靈靈的秋湘，不論身段、臉蛋、氣質都能豔冠群芳。她不只外表出眾，還會女紅繪畫，會認字寫字，會作詩填詞，立刻成了金枝小姐的最佳伴讀，也是家庭教師。

金枝的父母驚訝於秋湘的多才多藝，一問才知是落難的千金小姐，派人去打聽他家人的下落，傳回來的是家人都失蹤了，而房產舊地已被十幾家佃農霸占，難以討回。夫人和侯爺商量，想收秋湘為義女，她卻不願意，只推託自己沒有那個福氣，感謝侯爺和夫人垂愛。

金枝私下問她原因，她沉默久久才吐出真言：「我以前和家裡一位男僕互相有意，但彼此身分懸殊，只能苦戀。後來被父親發現，便對我倆責打辱罵，還把他逐出家門。」原來階級高低所造成的阻隔，使她身心受創，不再眷戀小姐身分。

「也許，我心裡還盼著，也許有一天能跟那個男僕華安重逢……」秋湘囁嚅著說。

「我支持你，也祝福你有一天能跟他破鏡重圓。」金枝點頭回應。

秋湘忽然感到一股力量灌入心中，不禁眼中一片溼潤模糊。

有一天，王媒婆喜孜孜的跳進侯爺府，連著一串笑聲對侯爺和夫人說：「托侯爺和夫人的好福氣，好不容易給我說到一家書香門第，是棠家少爺，字泊甫，才貌出眾，詩文第一，琴棋書畫都是當世一絕。」

侯爺和夫人商議，頗為中意。

「他棠家對咱們金枝小姐也有意思，囑咐我若是雙方合意，可先交換定情物，以示誠意。」王媒婆又說。

「就送那把黃金半月梳去吧！」夫人高興的說，「侯爺還記得吧！那是我家傳女不傳男的傳家寶。」

「記得，記得。」侯爺樂開懷，卻不禁顧慮了一下，說：「這棠家的姻緣值得爭取，光是送去定情物，怎麼覺得有些單薄。」

「這樣好了，讓秋湘護送定情物，跟著王媒婆一同前往。」夫人提議，「對方看見丫鬟都這麼出挑了，自然對金枝更會高看一些。」

「就這麼辦。」侯爺也同意。

於是，由秋湘捧著裝梳子的錦盒，陪同王媒婆前往棠府。

那棠府雖比不上侯爺府富麗堂皇，倒也規模宏大，雅致潔淨，秋湘衷心祝福金枝小姐出嫁後，夫妻兩人永結同心。然而進到大堂看見棠泊甫時，她整個人驚住。不是因為那棠泊甫如何風度翩翩，玉樹臨風，而是他身旁那個書僮。

「華安？你是華安？」秋湘手中的錦盒滑落地上。

「啊！你這是怎麼回事？」王媒婆怪罪秋湘，趕緊撿起錦盒，對棠泊甫賠罪：「棠公子真是抱歉，這個秋湘一向穩當，今天不知是哪根筋不對了？」

「秋湘！真的是秋湘……」棠泊甫身旁的華安幾個腳步向前，與秋湘相擁而泣。

棠公子和王媒婆都驚訝又困惑，呆呆聽著兩人互訴衷曲。

華安這時才知可憐的秋湘這番淪落經歷，而秋湘也才知曉，華安被逐出華府後流落街頭，因會讀書寫字，被棠泊甫巧遇而收為書僮。

棠家和高家的婚事很快就定下，不久也完婚了。

事後雙方長輩作主，讓秋湘與華安贖身婚配，並贈與金銀，在附近購屋營生，成就美事一樁。

◇ ◇ ◇

「好感動，不論身分高低，只要有情有心，老天爺總會眷顧的，」盧彥勛讚嘆著說，「相伴一生就是幸福。」

「幸福也不是憑空得來的。」美華說，「是那秋湘人品高尚，雖然身處貧困仍能拾金不昧，才讓人敬重得到好報。」

那男人卻默不作聲，陷入深深的思考之中。

不久，有個老婦人經過攤位前，低著頭彎著腰，往地上東看西看，似乎在找東西。

男人走過去問：「這位女士，您在找什麼嗎？」

老婦人抬起頭，難過的說：「我掉了一枚鑽戒，剛進這市場時都還在的呀！都怪我粗心，最近減肥成功手指變細，早上又去美甲，整隻手擦滿保養油，害得我掉了戒指還不自覺。我剛剛買東西掏錢時，才發現手指上的鑽戒不見了，真是糟糕。」

「是不是這個戒指？」男人二話不說，直接呈上那枚鑽戒。

「呀！對對對！就是這個。謝謝你，謝謝你。」老婦人欣喜欲狂。「這雖然是個人工鑽石，不值幾個錢，卻是我丈夫生前年輕窮困時，唯一能負擔的定情物。即便我們後來賺了大錢，買得起更大的真鑽石，它仍然對我非常重要，紀念價值非凡。」

老婦人掏出錢包，給男人三千元的感謝金，他不收。

老婦人關心的問：「年輕人，你很有志氣。不過看你這樣，似乎過得不好，怎麼會如此呢？」

「我原先是在高科技公司擔任業務，由於疫情影響，公司業績大減，我被裁員，又被房東趕出家門而流落街頭。」男人沮喪的說。

「原來如此。」老婦人點頭說，「我是一家女性口紅公司的總裁，你可能不知道，在這種不景氣的時候，口紅這種較便宜的奢侈品反而熱賣。我的公司業績大幅成長，很缺人手，不知你願不願意到我公司上班？我還有宿舍可以給你住呢。」

「真的嗎？」男人不敢相信。「太好了，真是求之不得。」說著便歡喜的跟著老婦人離去。

「原來你是故意說個『拾金不昧』的故事給他聽。」盧彥勛恍然大悟的對美華說。

「沒錯。」美華點頭。

「你怎麼知道那個鑽戒是他撿到的？」盧彥勛問美華。

「我親眼看見的，就在半小時前。」美華伸手調整了眼鏡位置說：「雖然距離很遠，我可是看得很清楚。」

翁探長躲在一旁聽了，覺得一個國中女生會說愛情故事不足為奇，也許是電視偶像劇看多了，但是為了傳達「拾金不昧」的精神而轉折了故事，改編〈唐伯虎點秋香〉的稗官野史，那就不是簡單的事了。

翁探長心想：美華的身體裡面一定住著光藏的靈魂，難道光藏已經死了，靈魂附身在她身上嗎？如果這樣，盧彥勛一定都知道，怎麼會容許而不去找人來驅離邪靈呢？

「光藏到底在搞什麼鬼？我一定要找到破綻，揭發真相。」

第八話

埃及鑄銅聖甲蟲

美華走到躺椅坐下來休息了一會兒，然後東張西望，又站起來往後方玻璃櫃走去，拿出裡面的一個透明塑膠盒問爸爸：「這兩隻是金龜子嗎？雖然是鏽黃色不像綠金龜，但形狀還滿像的。只是單純的擺飾品嗎？」

「這是一對鑄銅鍍金的聖甲蟲，擺在這裡十年有了，一直乏人問津。」盧彥勛回想說：「我記得它們的原主人是個老公務員，過世後兒孫清理遺物，認為這兩隻聖甲蟲沒有收藏價值，就連同其他舊貨一起打包賣給我。聽說是老公務員退休後到埃及旅遊買的紀念品，便宜貨，一公一母。」

「聖甲蟲是做什麼用的？」美華問，「跟宗教有關嗎？」

「這我就不知道了。」盧彥勛聳聳肩。

「我來看一下聖甲蟲的由來……」美華邊說著，邊凝視出神，不久點頭微笑。

「媽，你看，黃金聖甲蟲。」一個中學模樣的男生指著美華手上的東西，驚喜的叫著。

美華抬頭一看，是一對父母帶著兒女走來，兒子身高一百七十公分，卻抓著媽媽的手，依偎著媽媽的肩膀。女兒大約一百六十公分，粗獷的跟著父親走在後面，晃著雙手邁著外八字步伐，反而更像是父子。

「喔！你好內行，竟然知道這東西。」美華揚起眉毛讚許他。

「這有什麼了不起？我哥就愛大驚小怪，《冒險王》漫畫看多了，誰不知道？」女兒不以為然的說。

「你最了不起，你就不知道。」兒子頂了回去。

「誰說我不知道，知道也沒什麼了不起。」女兒不甘示弱。

「你們兄妹好無聊，就愛吵來吵去。」爸爸說了他們一句。

「唉！你們兩個打從在我胎裡就打來打去的，到現在還是一樣，煩不煩啊？」

「竟然在娘胎裡就打來打去，這是什麼意思？」盧彥勛感到好奇，湊過來問。

「他們是雙胞胎。」爸爸說。

「異卵的？」美華問。

「答對了，你好聰明。」媽媽說。

「難怪性別和長相都不同。」盧彥勛笑著說。

「個性也差很多，而且完全相反。」爸爸看到攤位老闆父女都露出疑惑的神情，便以老練的口氣繼續說：「你看看他們，妹妹像個哥哥，不是像姊姊喔！而哥哥像個妹妹，不是像弟弟喔！」

「哈哈哈！」聽得大家都笑了。美華還說：「太有趣了。」

「都怪我爸媽啦！把我們的靈魂裝錯了，如果能換過來該有多好。」兒子埋怨的說。

「對嘛！都是你們害的。如果我能住在我哥的身體，一定會去練成健美身材，至少不要這麼瘦弱。」女兒說。

「這怎麼能怪我們？是老天爺裝的，我們只負責生。」媽媽委屈的說，爸爸是連回都懶得回。

「你們知道嗎？這一對埃及聖甲蟲，背後就有這麼一個『靈魂交換術』的故事。」美華盯著兄妹倆的眼睛，神神祕祕的問：「你們想聽嗎？」

「我要聽。」兒子搶著說。

「當然要聽。」女兒也說。

「那是跟英格蘭女王伊莉莎白一世，還有西班牙無敵艦隊有關的故事……」美華又說。

「哇！這個好，這個好，快說快說！」沒想到那對父母一聽，居然比孩子還興奮，相望一眼，手拉手，雀躍的期待著。

◇ ◇ ◇

西元十六世紀中葉，西班牙國王菲利普二世在第一任妻子過世後，娶了英格蘭女王瑪麗一世為妻。兩人都是天主教徒，分別住在自己的皇宮治理王國，對於新教徒實施恐怖政策，強力打壓。

不久瑪麗一世過世，她的妹妹，那同情新教徒的伊莉莎白一世繼任為英格蘭女王。為了延續國家利益，恢復單身的菲利普二世，也就是伊莉莎白一世的姊夫，改向她求婚，卻遭到嚴厲拒絕。

菲利普二世感到被重重羞辱，人格與國格雙雙掃地，加上強烈支持天主教的羅馬教廷，對新教徒無法容忍，便派出西班牙無敵艦隊一百三十艘，含戰船、武裝商船和其他船隻，共三萬多人向英格蘭遠征。結果這號稱「無敵」的龐大艦隊，卻在英吉利海峽被英國海軍打敗，幾乎全軍覆沒，剩下四十三艘破船逃回西班牙。

菲利普二世悲憤不已，但不能讓后位空懸，便迎娶了法蘭西國王亨利二世的大女兒，同樣名為伊莉莎白的公主。這讓他內心多少獲得一些平衡和彌補。

婚禮過後，國王菲利普二世天天在議事廳召集群臣，苦思振作之道。恰好皇家出資派去埃及探險的隊伍回來了，費爾南多隊長獻上來自法老王墓穴中的黃金聖甲蟲，和記載在莎草紙上的「死亡之書」。

這新奇的消息傳到新皇后耳裡，活潑又充滿好奇心的她，不顧宮廷禮教規定，逕自奔向議事廳，擠在人群中探頭尋看。國王疼愛這位貌美的新皇后，不但不怪罪，還讓她一同登坐王位上，然後揮手示意隊長繼續。

「尊貴的國王陛下和皇后陛下，請聽聽這古埃及的老傳說。」費爾南多一鞠躬，接著侃侃而談：「死亡之書中記載許多咒語，其中一個『靈魂交換術』跟黃金聖甲蟲有關。只要讓兩個人各擁有一個聖甲蟲，便能在咒語的作用下互換靈魂。」

「哼！這有什麼用？」國王不屑的說，「在這王國奇恥大辱之際，對我有什麼幫助？」

「難道陛下不想復仇嗎？」費爾南多語帶玄機的問。

「廢話，當然想。」國王堅定的說。

「只要把其中一個獻給英格蘭伊莉莎白女王，另一個給監獄中的罪犯，施以咒語，便能將女王的靈魂囚禁起來……」隊長又得意的強調，「在我們的監牢裡。」

「這是什麼小鼻子小眼睛的計策。」新皇后站起來輕蔑的駁斥，「依我看，不如另一個聖甲蟲給我，她是伊莉莎白，我也是伊莉莎白，讓我的靈魂去統治英格蘭，然後讓英格蘭主動歸順，來壯大我西班牙。」

「啊！」群臣譁然，就連國王也往後一傾，驚喜的抬頭望著身邊的美麗女子，眼神中帶著無比的敬佩。

「事成之後再換回來？」費爾南多訝異的問著。

「不然呢？」皇后白他一眼。

費爾南多嚥下一口唾沫，怪自己問了一個白痴問題。

「誰會施這種咒語？祭司嗎？」國王問。

「不必祭司，只要唸出咒語就能讓它發揮作用，重點是必須搭配這一對黃金聖甲蟲，一公一母。」費爾南多一手拿一隻蟲子，欠身又說：「我就會讀古埃及文。」

「直接示範給我看。」皇后不等國王開口，直接下令。

「沒問題，早已準備好了。」他轉身揮手，便有八個僕役抬出四個籐籠，分別裝有一隻貓、鳥、蛇和狗。

他讓人把貓和鳥放出來，用布巾將聖甲蟲分別包在牠們的背上，然後翻開「死亡之書」，一字一字專注的唸起來：「聖甲蟲攝靈魄，飛越杜亞特死亡之地，啦呀底比希斯……飛越奧西里司冥界樂園，底比希斯啦呀……你走我來，你來我走……」

「啊！」眾人驚愕，那小貓和小鳥竟同時昏厥了。

經過十秒鐘的靜默，貓和鳥同時抖動甦醒。

「哎呀呀！」大家接著大叫，因為小貓揮舞前肢，不斷跳躍，彷彿身體裡住著小鳥想飛上天；而小鳥把翅膀前撲在地上，然後拖著身體像貓一般優雅前進。

費爾南多從口袋裡掏出幾條小魚乾丟在地上，小鳥竟拚命啄食起來。「來！」皇后跳下來蹲在地上，撿起一條小魚乾遞給貓，貓卻不理，作勢要飛走，卻撲落在地上。

結束後，費爾南多又把蛇和狗的靈魂交換。只見蛇不斷搖尾巴，作勢要吠叫；而狗卻吐著舌頭，趴在地上匍匐前進，繞著桌椅蜿蜒扭動。

「好玩！好玩！」皇后興奮的站起來跳躍。「這太有趣了。」

「人呢？」國王不放心的問，「用人做過測試嗎？」

「眼見為憑，徵求自願者。」費爾南多高舉右手，環顧眾人。

「我！」皇后二話不說立刻舉手。

「不行，萬一有危險，先讓別人試過。」國王拉皇后坐回自己身邊，然後說：「去牢裡帶個白人罪犯過來，同時帶個非洲黑奴來，看看兩個不懂對方語言的人，會發生什麼事。」

眾人聽令行事，帶來一白一黑兩人，又給他們手抓聖甲蟲。施咒之後，卻見黑奴清醒後一邊低頭看手腳，一邊驚恐的說：「啊啊啊！我怎麼變這麼黑？這是怎麼回事？」白人罪犯那邊也是唉聲慘叫，嘰哩呱啦，慌張的說著大家不懂的非洲土話。

人體測試結束，國王很是滿意，卻又猶豫起來。「可是，這樣好嗎？皇后到了英格蘭會不會有危險……」

卻見皇后跑到費爾南多面前，拿起一隻聖甲蟲說：「請國王把它們鑲在金項鍊上，派使臣送一條去給英格蘭女王。就說是投降賠罪之禮，請女王務必收下配戴，這場戰爭才算正式結束，可以來談後續的賠償問題。」

「這主意會不會太倉促了……」國王還不放心。

「你不想復仇嗎？」皇后聳肩問。

「想是想，但……」

「你不相信我會成功？」皇后逼問。

「不不不，我信。」國王說完，就不敢再有疑問了。雖然他總想靠自己復仇，而不是靠一個小他十幾歲的女孩子。例如訓練另一支更強大的海軍，而非暗地裡耍花招來贏得勝利。但現在國勢衰弱，短期間是絕不可能重建海軍的。

於是，國王派遣特使，帶上幾大籠的禮物，遠渡重洋到英格蘭晉見伊莉莎白一世女王，並獻上一條珍貴的、來自古埃及的黃金聖甲蟲項鍊。

女王願意給菲利普二世面子，當著特使的面就把項鍊戴起來。特使達成使命後，回到下榻的旅店，隨即開窗放出籠子裡的飛鴿。

三天後，菲利普二世收到侍衛呈上來的飛鴿傳書，並拿給皇后看。皇后派人通知費爾南多：「叫他天亮前到我寢宮來施咒。」

「為什麼不要在天黑前呢？」國王不解的問。

「喔！人生地不熟的，我又很興奮，一換過去如果是晚上一定會失眠。我不要！」皇后嘟著嘴說。

隔天早晨，當「伊莉莎白皇后」在新的身體裡重新睜開眼睛，看見的是豪華氣派的英格蘭風格挑高寢殿：滿牆的彩繪花卉紋飾、一公尺半的水晶玻璃吊燈、鑲滿珠寶鑽石的三鏡梳妝臺、六尺寬七尺半長的十二層四柱海綿軟床……還有最重要的，那顆垂掛在胸前，她剛剛才捏在食指和拇指間的黃金聖甲蟲項鍊。

「來人！」她召來內侍，以緩慢低沉的英格蘭話，不流暢的說：「我，感冒了。咳咳，不舒服。今天不出去了，大臣們……有什麼事，明天，再說。」

「遵命。」

內侍傳出消息，大臣議論紛紛：

「難道女王還在為那曖昧情夫羅伯特的去世而傷心？」

「上個月不是已經把自己關在房間不吃不喝好幾天？」

「當初我破門而入，苦勸她直到願意進食，難道又來一次？」說這話的人除了擔憂，還多了心痛的表情。他是國務顧問威廉．賽西爾的大兒子，年輕又帥氣的托馬斯。

就在眾人困惑之際，傳出女王召見西班牙特使的訊息，大家才稍稍鬆了口氣：「陛下還是關心國政的，看來只是單純的感冒，相信已經漸漸走出傷痛了。」

而在菲利普二世國王的床鋪上，「伊莉莎白女王」睜開眼睛，恍恍惚惚的起身，愣愣的把屋內上下都打量一番，以為自己還在睡夢中，直到一個聲音在身後響起：「伊莉莎白，你終於還是跟我同睡一張床了。」

「啊？」她回頭，看見菲利普二世躺在床上，右手撐著頭，得意的笑著。

「你、你是菲利普！手下敗將，前姊夫……你、我？不……這是什麼惡夢？不！不！」她一邊皺眉說著英語，一邊「啪」的搧自己耳光，想打醒自己。剎那間她從鏡子裡看見一個似曾相識的面孔。「這是……」她走到鏡子前細看：「啊，法蘭西國王的女兒，西班牙的新皇后……她怎麼在這裡？那我呢？我在哪裡？我在哪裡？」她歇斯底里的轉圈狂叫，然後跳上床抓住國王，瘋狂咒罵：「你這魔鬼，快從我的夢裡滾出去！」

「這不是惡夢，這裡是我的西班牙皇宮。」國王逃下床，雙手插腰，鄭重的對她說：「古埃及的『靈魂交換術』已經開始作用了，從現在開始，你有兩個選擇：一、跟我簽下合約，把英格蘭併入我西班牙王國，我就放你回去。二、當我永遠的皇后。就這麼簡單。」

「你做夢！」她更加狂暴的吼叫，並且奮力跳起來扯下床上的精織繡帳，跑去梳妝臺邊，看見什麼都拿起來往國王身上砸。「砰！砰！砰！哐啷！」國王東奔西竄的閃躲，滿地都是碎了的中國青花瓷、法國香水玻璃罐、土耳其珠寶首飾……

「你盡量扔吧，如果不想當我的皇后，就選第一項，哈哈哈！」國王逃出寢宮，把門鎖上，交代侍女留意裡頭的變化，便踩著歡快的腳步去享用豐盛的早餐。

一陣度日如年的靜默之後，裡頭響起西班牙語：「來人！」

兩個侍女相覷，心情忐忑的開門進入。

「把地上清乾淨，珠寶首飾都收到象牙小桌上，然後送早餐進來。我要吃雜糧麵包、火腿、起司、春雞、葡萄汁，還有一大盤的沙拉，一切在十分鐘內完成。」

那熟練的西班牙文、與幾分鐘前判若兩人的鎮定反應，讓侍女驚愕得不知所措。「伊莉莎白女王」說：「別懷疑我們英格蘭皇室的嚴格教育，我從小學過法語、西班牙語、拉丁語、義大利語、希臘文、威爾斯語和蘇格蘭語。」說完便躺回床上，閉目養神。

侍女不敢怠慢，趕緊聽命行事。

等房間收拾乾淨，早餐送來之後，「女王」讓侍女把門關上，伺候她用餐。直到吃飽喝足，她說：「告訴我一切的來龍去脈，我相信你們都知道。」兩個侍女縮起脖子，低頭不敢出聲。

她拿起餐刀放在胸口，冷笑著說：「看！這是你們新皇后伊莉莎白的身體，你們有兩個選擇：一、什麼都不說，讓我一刀刀傷害她。二、毫無保留的告訴我，然後，滿桌的珠寶首飾任你們平分。」

「不能傷害皇后，那樣你也會死……」一個侍女慌忙勸阻。

「你怎麼知道？」這位驕傲的「女王」反問，「我頂多當個孤魂野鬼，而我現在已經差不多是了。說吧！不管我是女王還是皇后，只要你們不聽話，我總有辦法讓你們死得很難看。」

「這……」兩人同時出聲，互看對方後又沉默。

「別擔心，我會當作什麼都不知道，不會害你們，還會保護你們。」

她說得很誠懇。

兩個侍女點了點頭，接著你一言我一語，鉅細靡遺說出了前因後果。

「哼！」女王很是滿意的說：「拿酒來，我需要好好的睡一下。」

遠在英格蘭的「皇后」，與西班牙特使單獨詳談後，掌握了大概的英國局勢和政要人物，忽然冷笑起來：「什麼嘛！西班牙正在走下坡，而英格蘭的國力蒸蒸日上，看來，當女王比當皇后強多了。」

特使驚愕，趕緊提醒：「皇后陛下，千萬別忘了此行的任務。」

「哈！我開玩笑的。」她笑著，便同他走出寢殿，來到議事廳。

「女王陛下，聽聞您身體微恙，現在好多了嗎？」群臣紛紛上前問候。

「沒事。」她掩著嘴笑，一一巡視這些陌生的英國人。

忽然她看見一雙深情的雙眸，擔憂的望著她，那年輕俊美的臉龐輕輕對她點頭。

「嗯？」不知怎麼的，她的心頭像被針尖似的東西刺了一下，又瘦又疼。

她望著那個人對特使耳語詢問，特使也以耳語回應：「那是國務顧問威廉·賽西爾的大兒子，托馬斯。」只見「皇后」聽完，表情若有所思……

在西班牙的皇宮中，「女王」把自己喝到微醺臉熱，並且妥妥的睡了一覺後，喚侍女去叫國王來。

國王聽完侍女的報告，開心的拿著擬好的合約文件來到她面前，親切的問說：「你想通了？」

她拉著國王躺到床上，環抱他嬌氣的說：「我相信你也早已聽說我終生不婚的消息。我曾對臣民們正式宣告過，我寧可當個單身要飯的，也不做結了婚的女王。我雖然宣稱已經嫁給英格蘭王國，不過既然你這麼有心……」

「什麼？你選了第二個，當我永遠的老婆？」國王反而感到不安。

「我無所謂，反正這不是我的身體。」她瞇著眼睛，歪著頭繼續說：「至於把英格蘭併入西班牙，就不是我能決定的了，那個能做主的人，現在正躺在我英格蘭的床上呢。」

「你只要在歸順合約上簽名，無法造假，就是正式的文件。」

「那也得英格蘭的王宮大臣們當庭見證啊！這裡哪有？」她溫柔的把頭塞進國王的懷裡。「你這傻瓜，情報工作做得太不確實了，都不知道即使我再三的嚴肅宣告不婚，依然有許多皇室和貴族、大臣來向我求愛，都被我一一屏退了。唯一不死心的，就是那威廉．賽西爾的大兒子，年輕又帥氣的托馬斯。」

「他做了什麼？」國王輕推開她，望著她問。

「沒什麼，未婚的年輕人嘛！不過就是天天花言巧語，殷勤問候，山盟海誓的愛呀情的說個不停，煩都煩死了。呼！」她喘口氣，又說：「相信我們『伊莉莎白皇后』換過去後，也會覺得很煩的……」

「哼！」國王不悅的推開她站起來，留下合約忿忿離去。

接下來幾天，國王都不想見到她。她卻一直纏著兩個侍女，說那托馬斯是多麼俊美挺拔，眼睛多麼深邃好看，鬍子梳理得跟髮型一樣漂亮，那流裡流氣的嘴說出來的情話，像春雨後的溪流沁著百花的芳香……

焦慮擔憂的國王終於在第六天收到第二份飛鴿傳書。派去英格蘭的特使已然執行起下個計畫，反監視「伊莉莎白皇后」的言行，向他回報：

「……皇后說，西班牙正在走下坡，而英格蘭的國力蒸蒸日上，看來當女王比當皇后強多了。群臣尚未發現異狀，唯獨國務顧問威廉．賽西爾的大兒子托馬斯，對皇后格外殷勤。而皇后經我提醒，仍笑臉相迎，微臣只怕她日久會露出破綻……」

國王讀得火冒三丈，把信揉成一團，急忙派衛兵去尋找費爾南多。侍衛們好不容易在一個無名酒店找到了費爾南多，等到他來到「女王」和國王面前時，已經是晚上八點多。

國王對「伊莉莎白女王」說：「我決定放你回去，別問原因，我什麼都不想說。」

「我也懶得知道。」她坐在床沿懶懶的說。

「你快開始呀！」國王不耐煩的對費爾南多咆哮。

費爾南多嚇得抖了一下，急忙翻開「死亡之書」唸起咒語。很快的，「女王」昏倒在床上，幾秒之後未見醒來，國王著急的把臉湊到她面前，呼喚著：「皇后！皇后……」

在英格蘭的皇宮中，「皇后」利用這幾天的時間，慢慢熟悉了環境，也記住幾個重要人物。這一天下午她終於找到機會，讓內侍傳話給托馬斯，約他到玻璃音樂廳單獨見面。

三十六支蠟燭的光輝透過滿室玻璃的反射，將音樂廳映照成浪漫光明的愛情天堂。托馬斯終於得到女王的青睞，開心的抱著她在花梨木地板上翩翩起舞，他一邊在她耳旁奉承著：「美麗的女王陛下，讓我帶你馳騁在青翠的草原……」

「叫我伊莉莎白就好……」她嬌滴滴的說。

「伊莉莎白，讓我帶你……啊！你怎麼了？伊莉莎白，你怎麼昏倒了？」他急忙抱緊她蹲下來察看，面露不安……

過了一會兒，女王睜開眼睛，還來不及高興自己眼前是熟悉的音樂廳，就發現托馬斯正摟著自己的身體。「啪！」氣得一巴掌打在他臉上。

「放肆！」

「啊！」嚇得托馬斯放手後仰，摔了個四腳朝天。

十幾秒過去，西班牙皇宮中，伊莉莎白皇后睜眼時，魂都飛了，眼前的年輕帥哥怎麼變成皺紋橫豎的中年男子？「怪物！」她反射性的揮出一巴掌，「啪！」的一聲打在那人臉上。

「你！」菲利普二世國王怒氣沖沖，粗魯的扯下皇后胸前的聖甲蟲項鍊，擲向費爾南多，還衝向他搶下「死亡之書」，拿到燭火上焚燒。費爾南多嚇得不敢動彈，熊熊火光中，每個人的臉都照映得紅紅的……

◇ ◇ ◇

「哇！好好聽的故事。」客人中的兒子讚嘆的說，「每個人都好丟臉，伊莉莎白女王完勝。」

「我老公對西洋史超有興趣的。」那媽媽對美華說。

「不對！」爸爸滑手機，皺眉頭。「資料顯示，西班牙艦隊戰敗是在菲利普娶伊莉莎白後的三十年。你說的跟史實不符，是瞎掰的吧？」

「沒錯，就是瞎掰的。」美華笑著說。

「沒關係，掰得超好聽的。買買買！多少錢？」女兒興奮的說。

「不貴，一對才五百。」盧彥勛說，「因為不是古董珍品，只是埃及人用銅鍍金仿造的，專門賣給觀光客的紀念品。」

「好便宜。」爸爸掏錢付了。

「我要母的。」兒子說。

「公的給我。」女兒說。

兩人馬上各拿走一個。

「走吧！我們再去找找，看能不能買到『死亡之書』。我恨不得把你們的靈魂互換，讓家裡清靜一點。」媽媽開玩笑說。

四位客人揮揮手，離開了。

翁探長也在附近偷聽完這故事，心中有了定見，便走過去一把抓住美華的手臂說：「光藏法師，你不要再搞鬼了。你施了『靈魂交換術』，跟這女孩互換靈魂，別以為我不知道，你快點離開。」

「啊！我不是光藏，我不是光藏。」美華尖叫抗拒。

「光藏，別再用妖術害人了，快點離開美華的身體。」翁探長吼起來。

盧彥勛也過來說：「不是這樣的，別鬧了！」

「我不是啊！」美華和翁探長互相拉扯，一時大亂。

忽然聽得背後有人大喝一聲：「住手！」

翁探長回頭一看，倒吸一口氣，嚇出一身冷汗，不禁放手。

第九話

古早大相簿

翁探長回頭一看，是一位光頭的老人家，手拿一本又大又厚的簿子。雖然他穿著便服，戴著一副黑框眼鏡，但很顯然的就是光藏法師。

「你、你們……你們用靈魂交換術交換了靈魂？那一定還有其他的埃及聖甲蟲嘍？你是和尚，怎麼會古埃及的咒語呢？難道你有『死亡之書』，又懂古埃及文？」翁探長太驚訝了，不停吐露心中猜測，問了好多問題。

「沒有的事，哈！」光藏仰頭大笑。

「根本不是這樣，哈哈哈！」美華笑到肚子痛，彎腰抱著肚子。

「你現在是美華？還是光藏？」翁探長把兩人看了又看，指著美華和光藏一起問。

「我是光藏。」光藏說。

「我是美華，也是光藏。」美華自己招認。

「這到底是怎麼回事？」翁探長聽到回答，卻反而更迷糊了。

盧彥勛擔憂的對光藏說：「你怎麼不好好待在屋子裡休養，跑來這裡？」

「無妨，我已經好很多了，至少不咳了。」光藏說完轉向翁探長，放下手上的大簿子，然後將眼鏡拿下來，「來吧！我來為你講解這個高科技『智慧型眼鏡』。」

美華也摘下臉上的眼鏡，遞給光藏。

「什麼跟什麼啊？」翁探長雙眼茫然，陷入五里霧中。

「這個『智慧型眼鏡』是最新開發的穿戴科技產品，內含超奈米微型電腦。它的功能跟手機完全相同，同時裝配了超微型鏡頭和耳麥。我和美華藉由這副眼鏡連線，接收她傳來的所有影音，也把我的聲音傳給她。」光藏一手各拿一副眼鏡，認真的說明著。

美華拿起其中一副，指給翁探長看：「這個洞是隱藏鏡頭，左邊這個小孔是麥克風，右邊這裡有微波接收器。」

翁探長翻來翻去仔細端詳，果然看見鼻梁架上有個非常小的圓洞，裡面藏有玻璃，而掛耳的地方也各有小孔。他恍然對美華說：「啊！我懂了，那些故事都是光藏說的，只不過透過這副眼鏡傳給你，再透過你的嘴巴說出來。」

「答對了，厲害。」美華笑著讚賞說。

「它上網搜尋資料的功能強大快速，因此我還能切換畫面，數位閱讀並廣搜資料後加以揀選、聯想和改造，掰出好多故事。」光藏點頭說。

「天哪！真真假假的，我都被你們搞糊塗了。」翁探長忽然想起什麼，又說：「《紅樓夢》中的太虛幻境牌坊上有副對聯：假作真時真亦假，無為有處有還無。大概就是你們的寫照吧！」

「你是紅迷？」光藏問。

「不算是，但我讀過原著。對了，古董拍賣網站上那篇〈慧紋花鳥大布巾〉的故事，該不會也是你寫的吧？」翁探長又問。

「正是。」光藏點頭。

「我十分好奇，真的有『慧紋』作品傳世嗎？」翁探長問。

「嘉世德是具有高度公信力的拍賣公司，那布巾經過他們的鑑定，是真品無誤。」光藏回答。

「這麼說來，曹雪芹寫慧紋，不是瞎掰的？」

「不是。」

「但你在文章後面暗示過，寫徐世昌的故事是瞎掰的？」

「別說得那麼難聽，那叫故事行銷，從稗官野史的零碎片段激發靈感，加上想像編撰出來的。」

「你說了那麼多，我還是不懂。為什麼你要搞失蹤？為什麼要躲在美華的背後，讓她幫你講故事？這種科技產品沒在市面上看過，為什麼你們會有，而且還是一對的？你不是罹患肺癌四期了，怎麼現在看起來，跟一般健康的人沒兩樣啊？」翁探長打破沙鍋問到底。

「不急，你倒是忘了問最重要的問題。」光藏提醒說。

「什麼問題？」翁探長傻住了。

「你來找我的原因——調查縣議長的死因。」光藏直指核心。

「啊！對！」翁探長彷彿大夢初醒，急切的問：「你知道些什麼，對不對？」

光藏放下眼鏡，拿起他帶來的那本大簿子，認真的說：「一切的真相就在這本古早大相簿裡。」

「這……」翁探長拿過那本沉甸甸的相簿，翻開後發現一頁一頁都是黑色厚紙板，上面用膠水牢牢的黏貼著照片。特別的是，前半部是黑白的個人照和結婚合照，後半部卻是彩色的多人照片。

「在數位相機和手機問世之前，人們只能用裝底片的相機拍照，再沖洗出彩色相片來留存紀念。而在更早以前，照片只有黑白的，當時照相是一門專業，擁有相機的人很少，人們如果想要照相，會請專業攝影師拍照。」光藏詳細說明，「而這種古早大相簿，便是在黑白照片時期保存和展示照片用的。這裡面的照片記錄了『香菇寮事件』主要角色們的一生，以及抗爭徵收土地的始末。」

「這到底是怎麼回事？」翁探長聽得一愣一愣。

「你且聽我一一道來，但這一回說的是真的，完全不瞎掰。」光藏把其中一副眼睛戴到翁探長的臉上，接著說：「這是我根據這本相簿翻拍錄成的影片，所有的故事都是罕淵說給我聽的。我想終有一天要對世人訴說這一切，因此錄了音檔配上相片，上傳存進雲端。你調查這案子找上了我，也是緣分。」

翁探長把鏡架調整好，光藏在鏡框上輕點了幾下，翁探長就看見鏡面成了螢幕，播放出一張張的黑白照片，並聽見清晰的聲音：「香菇寮位在山坡上，那裡原有十幾戶人家，有的賣飲料，有的賣山產，而『三代菇餐廳』是這裡唯一的餐廳，其實也是唯一的菇寮……」

◇◇◇

三代菇餐廳位在香菇寮的前端，裡面本來只有十幾個座位，後來生意越做越大，假日裡總有包團的遊覽車載人來消費，老闆便擴大規模到三十個大圓桌，可以容納三百位客人。他家的菜色巧妙融合了山產和海鮮，搭配極鮮極嫩的現採菇類，創造出獨樹一幟的舌尖風味，老饕們自然聞香而來，趨之若鶩。

雖然這裡稱為香菇寮，但如果你到餐廳後方的工寮去參觀，就會發現那上百排的鐵架上，堆疊著比人高的太空包，裡頭冒出來的不只有香菇，還有袖珍菇、金針菇、鮑魚菇、舞菇、杏鮑菇、猴頭菇、鴻喜菇等，應有盡有。更特別的是再往內走，進到小木門後別有洞天。眼前沒有鐵架了，只見地面上是數百根四尺長，大腿般粗，相互依偎而立的段木。那上頭清一色斜長著香菇，而且顆顆都是開裂出美麗花紋的高級冬菇。

菇寮裡工人們個個如千手觀音，以迅雷之速摘起菇柄；爐灶旁廚師們刀光鏟影，水火廚俠；客人翻桌潮來潮退，在櫃臺負責點鈔的強忍指頭抽筋。你絕對想不到這繁華盛景在三十多年前並不存在，餐廳和太空包鐵架的位置在當時還是雜林。那時候僅有的小小破菇寮孤獨荒涼，還上演了兩代衝突決裂的慘劇。

這個年輕人林罕淵，是「三代菇餐廳」的第三代，第一代是他祖父林耀掬，第二代是父親林安泰。

罕淵讀高中時的某一天，他在房裡做功課，忽然從客廳傳來祖父大吼一聲：「不可能！」他嚇了一大跳，急忙跑出去關切。

「我絕對不會讓你毀了我一生的心血。」只見祖父對著父親咆哮，憤恨的眼神中透出驚恐，彷彿有人要殺他。

父親受到威嚇，一時住了嘴，卻是不服氣的把頭扭向牆壁。

「我年輕時受僱在這裡工作，幫忙砍段木，在上頭鑽孔、植菌、封蠟，每日早晚澆水，出菇時採收、烘烤，一手好功夫受到菇寮老闆倚重和照顧。」祖父吞下一口氣，按耐性子，緩緩的說出宛如懇求的話語：「不久，老闆投資失敗要變賣香菇寮，卻沒人要買。是我義氣相挺，回老家借錢標會買下來經營，苦苦熬了十幾年，後來結婚生下你，好不容易才有今天。」

「這些我當然都知道啊！」父親也努力解釋：「可是，這些板栗、楓香和杜英做成的段木，每根至少二十公斤，你一一搬動和翻轉豎立，幾十年來把肩膀都扛壞了。難道你也希望我這樣嗎？」

「喔！」祖父有點愣了，似乎沒想過這一層，但他搖頭又說：「段木香菇吸取了段木的精華和香氣，尤其是板栗木出的冬菇，烘乾後香味非常濃郁，那種香氣才是香菇應該有的，不是你說的那種太空包可以代替，也才能賣到高價。」

「我們不需要全部都出產高價的香菇，可以分級包裝出貨，讓想買高品質的人花大錢，想買便宜貨的人也買得起，增加總收成的金額，這樣不是很好嗎？」父親想辦法要說服祖父。

「你那太空包裡面的木屑，混進了很多雜木，什麼相思木、山麻黃，還有粗糠、棉子殼、玉米芯和甘蔗渣，那跟從垃圾堆長出來有什麼不一樣？這種東西只會壞了我的名聲。」祖父不屑的說。

「菇類本來就是從腐爛的東西長出來的，味道雖然有濃有淡，但是都能賣錢。」父親苦口婆心的說明，「重要的是段木菇要在上面走菌六個月才出菇，加上前後的作業需要十個月，人力、金錢的投資都很沉重。但是太空包不一樣，人家幫你裝好，只要灑水四十天就會長出香菇，可以重複採收數次，大量生產，降低成本。而且菇柄長出來比較長，可以剪下來賣給食品廠商製作素肉乾。」

「你不要再說了！」祖父氣得脖子冒青筋咆哮，「要我丟掉段木去種太空包，不可能就是不可能！」

罕淵終於聽懂了，原來是父親聽信太空包業務的勸告，吵著要放棄段木生產，改種太空包。罕淵不知誰對誰錯，但這是他第一次看到祖父如此暴怒，而父親並不想妥協，他因而感到恐懼和憂慮。

父親與祖父吵到後來轉為冷戰，直到父親擅自僱人把一片雜林剷平，搭起棚架買進太空包，祖父的眼神中露出恨意，從此兩人再也不跟對方說話。

林罕淵很受不了這惡劣的低氣壓，他向祖母和母親求助，希望他們充當和事佬，勸勸這兩個男人。然而在那男尊女卑的年代，女人們的努力終究無法讓男人放下自尊，林罕淵十分無奈。

「罕淵，過來幫忙扛段木。」常常在放學後，祖父會喚他去幫忙，一次得扛幾十根段木，一根起碼二十公斤，搬得他腰痠背痛，四肢無力。

「罕淵，來，把這些出完菇的太空包拆掉，踩碎後集中做成堆肥。」父親這邊也常常使喚他，他也都二話不說，奉命行事。

兩邊都需要他，而且做的是不同的事情，加上要準備大學入學考試，使得他忙裡忙外，分身乏術。最痛苦的是，他能明顯感染到他們對彼此的怨氣，因而在幫祖父時，他感到對不起父親；而在幫父親時，他又有背叛祖父的歉疚。這種兩面不是人、宛如夾心餅乾的痛苦，真是難受極了。

每到出菇期間，無論段木還是太空包，朵朵菇傘齊爆發，他得凌晨四點跟著大人起床，和時間賽跑趕採收，否則來不及採的就會「開花」，菇傘外翻，賣相變差而跌價。這一忙，往往就誤了上學的時間，遭到導師和教官指責，他也只能自認倒楣，委屈都往肚子吞。

終於讓他考上大學，離開家鄉去就讀自動控制工程系，擺脫了困境，但是讀了之後才發現，那不是自己的興趣。那一年，不管在醒時還是在夢裡，父親和祖父兩代的衝突畫面常常浮現在他腦海中，像一把刻刀似的一刀一刀剮著他的心，逼他開始思索該怎麼做，才能弭平兩人的裂痕。

升大二時，他毅然決然轉到餐飲系，並且到餐廳打工賺取學費，靠自己的力量獨立讀完所有課程。畢業後他去服兵役，在部隊裡也被長官分派到廚房當伙房兵，學會煮大鍋飯和採買置辦上百人的一日三餐。退伍之後，他先到都市的餐廳當廚師，花了三年的時光，歷練出一身精緻的職場專業，然後才回到香菇寮。

他操辦了一桌好酒好菜，拉祖父和父親過來同桌吃飯。

兩人都給他面子，但是席間彼此仍然不對眼。他不管這些，只管勸他們吃菜喝酒，直到酒酣耳熱之際，他才娓娓說出他的計畫：「我大學時改學餐飲，又在餐廳混了那麼多年，是為了什麼？就是為了回來繼承家業。」

他這麼一說，隨即看到兩張燦爛的笑臉。

「我要在這裡開一家菇類專門餐廳。阿公，你的段木冬菇香氣濃重，我用來做成全店最高級的花菇雞湯。」他揚起眉毛，興致高昂的說。

「我的段木香菇賣得好好的，還有老顧客預約訂購，哪裡會有多的給你去做菜？」祖父垮下嘴角。

「爸，你的太空包香菇則跟肉類與蔬菜快炒，當成拌飯的美食。多出的菇類乾燥後，就放在店頭直接零售。」他縮起下巴，注視著父親的眼睛。

「聽起來，我是不是得變成店小二，還得當洗碗工？」父親邊說邊皺起了眉頭。

「一斤乾香菇賣出去頂多賺個三百塊，但我能做出二十道好料理，賺的是三百塊的二十倍。」他自信滿滿的說，「你們放心，我會聘請幫廚和雜工來經營餐廳，你們仍然做原本的工作，只不過生產出來的菇類必須先供應給我做菜，有剩的才能零售。」

祖父兩眼直愣愣的瞪著他，父親歪頭思索著什麼。

他看兩人都猶豫不語，便直接攤牌。「沒關係，如果你們不聽我的，我自己到外地開餐廳，進別的菇場的貨來做菜，而這裡，香菇寮，我是絕對不會回來繼承家業的，你們就放著讓它爛掉吧。」

這句話太有力了，他終於說服祖父和父親，剷除掉菇寮前的雜林，闢建餐廳，並為雙方的產品分別開發菜單，還引進其他菇類的太空包，一邊生產販售，一邊作為餐廳食材。由於是祖、父、孫三代共同經營，因此取名為「三代菇餐廳」。

在最興盛時，不論菜餚還是乾菇，常常幾輛遊覽車一來就一掃而空。有了餐廳作為媒合劑，祖父和父親開始會跟對方講話了，一家人終於恢復當年同心齊力，歡聲笑語的日子。而附近人家也因人潮聚集，做起飲料、名產和零嘴的小生意，把香菇寮變成了小市集。

沒想到這一切，卻因縣政府一紙公文下來，被圈地收歸國有，一夕丕變。包括「三代菇餐廳」在內的十幾戶人家都被強制徵收，用來開發成經濟特區。縣政府願意提供居民補償費，作為搬遷和購置新屋使用，但他們從沒想過要搬遷，那一點點補償費也不夠移居，因此他們聯合組成自救會，一同對抗這件不公不義的惡事。

「香菇寮自救會」到處陳情，拉標語遊行，舉辦說明會和晚會，希望結合更多民眾的力量給政府壓力，進一步撤銷計畫。

晚會中由林罕淵擔任主講，一邊放映從他祖父的相簿中一一翻拍成的投影片，訴說那一段讓他揪心多年的兩代衝突往事。畫面中有老舊的段木菇寮，有新式的太空包菇寮，還有餐廳人山人海的盛況影片，由最初的黑白照一路演變成彩色照。

相簿後面十幾頁，則用相片記錄了土地收歸國有後的所有事件，這些是三臺推土機推倒菇寮的慘況，以及父親跪在地上痛哭的特寫。這幾張是心碎的祖父長期失眠沒有食慾，重度憂鬱。後來罹癌住院，更拒絕治療一心求死，最終享年七十八歲。接續播映的這幾張照片是送葬的隊伍，林罕淵感謝自救會的兄弟姐妹們前來相送，他痛哭失聲。

不久，被夷為平地的香菇寮社區賣起預售屋，什麼經濟特區都是謊言，圖窮匕現，不需再隱瞞了。原來幕後的藏鏡人是縣議會的議長，主導修改都市計畫，變更地目，強制徵收，建商背後的金主也是他。

林罕淵搞懂這一切時，心中憤恨不已，發誓要報仇。

他暗中調查，發現議長有慢性疾病，長期吃著心血管和鎮定神經的藥，又定期會去新社區的高級餐廳喝下午茶。所以，他跑去學泡茶、咖啡、調酒，然後應徵上了社區餐廳的後臺服務生。就在那一天，他加倍了茶葉的分量，測試議長的神經耐受力，誰知議長喝完濃茶後，急著吃點心，竟被一團麻糬噎死了。

翁探長看完了影片，把目光轉到光藏臉上，同時透露出困惑未盡的心思。

「林罕淵在議長死後，以為自己得逞了，雖然復了仇而欣慰，卻也因殺生而愧疚，來到清泉寺找我傾訴，祈求佛祖寬恕，然後要去投案自首。」光藏點點頭，娓娓道來。

「我問他原委，他便翻閱這本古早大相簿，講述這一切給我聽，我留他先住宿幾天，不要貿然行動。後來警方證實議長是意外死亡，人不是林罕淵殺的，他悵然若失，又喜又愁，大哭一場。我安慰他，鼓勵他換個環境工作，並把相簿留在我那裡，有助他忘記過去重新開始。後來我要寫《瞎掰舊貨攤》，便徵得他的同意改寫成故事，藉以弘法度化眾生。哪裡知道會被你讀到，跑來找我？」

「原來如此！是的，這樣聽來他是受害者，議長是天理報應啊！」翁探長終於放下胸口懸著的大石，他取下臉上的眼鏡，找到一旁凳子坐下來休息。「不對！」他馬上站起來，疑惑的說：「這一對智慧型眼鏡哪裡來的？你為什麼搞失蹤不回清泉寺？為什麼要躲在美華背後講故事？你又是如何恢復健康的？」

「這我來講。」盧彥勛搬來另一把凳子，溫和的對光藏說，「法師，你剛才說那麼久，已經太勞累，也請你坐下來休息。」

光藏法師回禮後坐下。盧彥勛開始敘述：「兩個月前，光藏法師到臺中榮總看病，看完後抱著虛弱的身體，來這裡找我聊聊。醫生說是肺癌第四期，通常是回天乏術，他也想放棄。」

「我跟你說喔！就是那時，法師不經意看見了那條布巾。」美華湊過來搶著說，「他發現那其實是一件稀世珍寶，竟然淪落為便宜舊貨，所以趕快透過人脈聯絡到古董鑑定家，然後推薦到拍賣會上，還為布巾寫了感動人心的故事來行銷……結果拍賣會很成功。」

「這我知道，報紙有報導。然後呢？」翁探長點頭問。

「在那之後一個月，我寫完《瞎掰舊貨攤》，自覺時候到了，便向常喜交代後事，託管那些舊物，偷偷換了衣服鞋子離開清泉寺，想找一個無人的地方安靜的死去。」光藏笑著說，「誰知半路看見盧老闆開車上山要來找我，就這麼搭上他的車，跟他走了。盧老闆打聽到更厲害的醫生，帶我去求診，用最新的標靶藥物治療，我就這麼活了下來。後來我接受他的好意，借住在他們家養病，遵照醫生的指示，盡量不要晒到陽光，以免影響藥效，從此形同隱居。」

翁探長把手中的眼鏡刻意在光藏面前晃了晃，暗示他解謎。

「至於這一對智慧型眼鏡，正是來自那條布巾的買家。買主是科技界的大老闆，我們透過鑑定師的介紹結識。這眼鏡是他們公司研發的最新穿戴型電腦，預計用來取代手機，目前只製造出三十個試用品，徵求自願者祕密試用三天。我靈光一閃，既然一心想弘法，又不方便出門，便拉美華一同試用，以後把心得回報給公司當作改良參考。」

「有錢賺的喔！夠我買一隻手機當獎品。」美華高興的說。

隔壁的鍾老闆遠遠聽到這些，湊過來笑著說：「原來是這麼回事，我還以為美華突然變聰明，是吃了什麼聰明藥，還是被雷打到、腦細胞突變？哈哈！」大家聽了，一起笑過一陣。

翁探長困惑的問：「為什麼不告訴常喜，害他們擔心呢？」

「哈，我終究會告訴徒弟們的，但我想讓他們體驗『人生無常』。這是難得的學習機會。」光藏說完，忽然問翁探長：「對了！探長，你探查過那麼多案子，人脈豐富見多識廣，對人生也有不少體悟，不知你有沒有興趣加入『瞎掰舊貨宗』，跟我一起用故事來弘法，救度眾生？」

「啊！」翁探長愣了一下，然後客氣的笑說：「哎呀，我凡夫俗子，罪孽深重，自己都救不了了，哪有能力去救人，法師，你太抬舉我了。」

「好，不勉強的。」光藏又說，「我真是對我師弟感到不好意思，是他教育了我，不該尋找能人來接班，因為高僧大德必然有能力與志氣開宗闢派，我的邀請，明顯是狂妄自大而把他看低了呀！」

「我明白這一切了。」翁探長得到全部的解答，便撥手機給議長夫人，佯裝找不出任何線索，願意退還先前的訂金。

「今天是試用智慧眼鏡的最後一天，我們也該把東西還給人家了。」光藏說，「謝謝美華，謝謝盧老闆，我已經好很多了，我想也該回清泉寺跟常喜他們說明原委。至於接班人，我應該尋找有資質又有心的有緣人，加以培養才是正道。」

「常喜跟其他小和尚不適合嗎？」翁探長問。

「他們長年在佛寺裡，環境太單純，重點是書讀得不夠廣泛，資質尚不足，也沒有承先啟後的志氣。」光藏說完，轉頭對盧彥勛說：「盧老闆，我想跟你買一些舊貨，然後到各個廟宇前面擺攤，一方面說故事來度化眾生，一方面期待遇到有潛力接班的有緣人。」

「不用買，我來贊助你，看你要多少舊貨都行。」盧彥勛大方的說。

「那怎麼好意思呢？」光藏揮揮手。

「師父，千萬不要拒絕，讓我也來出一點心力。」盧彥勛歡喜的說，「現在，讓我先載你回清泉寺。」

「讓我來載，我順便要去跟常喜結案。」翁探長說。

「太好了！萬歲！」美華高舉手臂，開心歡呼，「我終於可以自由自在的講話，隨便愛講什麼就亂講，不用再當『代言人』了。」

「哈哈哈！」大夥兒又笑成一團。

（《瞎掰舊貨攤3：慧紋花鳥大布巾》全文完）

瞎掰舊貨攤 3：慧紋花鳥大布巾

作　　者｜鄭宗弦

責任編輯｜李幼婷
封面設計｜Dinner illustration
內文排版｜旭豐數位排版有限公司
特約編輯｜戴淳雅
行銷企劃｜溫詩潔

天下雜誌群創辦人｜殷允芃
董事長兼執行長｜何琦瑜
媒體暨產品事業群
總經理｜游玉雪
副總經理｜林彥傑
總編輯｜林欣靜
行銷總監｜林育菁
副總監｜李幼婷
版權主任｜何晨瑋、黃微真

出版者｜親子天下股份有限公司
地址｜台北市104建國北路一段96號4樓
電話｜（02）2509-2800　傳真｜（02）2509-2462
網址｜www.parenting.com.tw
讀者服務專線｜（02）2662-0332　週一～週五：09:00~17:30
讀者服務傳真｜（02）2662-6048　客服信箱｜parenting@cw.com.tw
法律顧問｜台英國際商務法律事務所・羅明通律師
製版印刷｜中原造像股份有限公司
總經銷｜大和圖書有限公司　電話：（02）8990-2588

出版日期｜2024年2月第一版第一次印行
　　　　　2024年3月第一版第二次印行
定　　價｜350元
書　　號｜BKKNF082P
I S B N｜978-626-305-652-7（平裝）

訂購服務 ——
親子天下 Shopping｜shopping.parenting.com.tw
海外・大量訂購｜parenting@cw.com.tw
書香花園｜台北市建國北路二段6巷11號　電話（02）2506-1635
劃撥帳號｜50331356　親子天下股份有限公司

國家圖書館出版品預行編目資料

瞎掰舊貨攤3：慧紋花鳥大布巾/鄭宗弦文. --
第一版. -- 臺北市：親子天下股份有限公司,
2024.02
240面；14.8X21公分. -- (少年天下；89)

ISBN 978-626-305-652-7(平裝)

863.59　　112020251

親子天下 Shopping